小小说精品系列

药都人物

小小说精品系列

独臂先生
穆锅盔
吴状元
神针李
沈娘
千金虎
神手梁
段老谋
花脸汪
天鬼刘
洪先生
姜老过
余知州
栗茂谷
雷茂林
周大秀才
鄞少爷
……

药都人物

杨小凡————著

人民文学出版社

图书在版编目（CIP）数据

药都人物/杨小凡著. —北京：人民文学出版社，2018
（小小说精品系列）
ISBN 978-7-02-013895-1

I.①药… Ⅱ.①杨… Ⅲ.①短篇小说—小说集—中国—当代 Ⅳ.①I247.7

中国版本图书馆 CIP 数据核字（2018）第 042123 号

责任编辑　脚　印　王　蔚
装帧设计　刘　静
责任印制　王重艺

出版发行　**人民文学出版社**
社　　址　北京市朝内大街 166 号
邮政编码　100705
网　　址　http：//www.rw-cn.com

印　　刷　三河市宏盛印务有限公司
经　　销　全国新华书店等

字　　数　130 千字
开　　本　880 毫米×1230 毫米　1/32
印　　张　8　插页 1
印　　数　1—10000
版　　次　2018 年 7 月北京第 1 版
印　　次　2018 年 7 月第 1 次印刷

书　　号　978-7-02-013895-1
定　　价　36.00 元

独臂先生

药都出名医，何况华济生又是华佗的后代，一出诊便闻名百里。

到了四十岁上，不敢说药到病除，但只要不是死症没有他治不了的。当时病人及家人们有这样一说：华先生说没治了，死时都是笑着的。这意思很明显，华先生是不会错诊的，他治不了的病，就是命该如此了。

华济生从此也更加自信，宛如圣祖华佗再生。

这一天，华先生刚开大门，便见一辆载一瞎眼老妇人的独轮车停在门前。推车的汉子见华先生出门，跪倒便拜："请华先生救救俺娘。"

华济生先观了一下老妇人铁青的脸色，看了舌苔，把脉片刻后，停了少顷，起身向门外走去。

汉子一步跟上："我娘的病咋样？""别说了，快回去弄点老人喜欢吃的，别亏了她的嘴，这就算你的孝道了。"说着掏出一把钱递过来。

"天底下没有治不好的病，我不信俺娘不行了。"汉子接过来的铜钱又撒了一地。

"孩啊，推我回吧，华先生说了，我就认了。"瞎老妇人呻吟着。

"什么神医？"汉子仍然不服气地嚷道。

"这是断肠疔，眼下大肠都烂了，神仙也是治不好的。"华济生自信地说。

"要是有人能治好，我砸你的招牌。"汉子怒目发誓。

"别说砸招牌了，你娘能捱过十天，我砍给你一只胳膊。"说罢，华济生拂袖而去。

七七四十九天后，汉子扶着老母直奔华济生的济世堂，"华先生，还不把这济世堂的招牌砸了！"

华济生抬头审视红光满面的老妇人片刻，一句话没说，拎起一把锋快的药铲，把左胳膊压在坐凳上，一闭眼举铲而下。

"华先生不能啊！"药铲被汉子夺下。

"男人一口唾沫一个钉，还能让大风卷了舌头。留一条胳膊就够我用的了，砍掉一只我就能记一辈子。"华济生痛苦地坐在凳子上。

"华先生，你断我没治了，我还真等着死呢。可自打我吃了爬进碗中的一个活物,病竟慢慢地好了。"瞎老妇人迷惑地说，"我正想找你问个究竟呢。"

华济生起身，来回走了足足十趟，忽然拉住老妇人的手："我差点害了您老人家，生吃醋泡蜇过蜉蝣的公蝎是能治这病的。"

送走汉子和老妇人，华济生便摘了济世堂金匾。从此，无论干啥就只用右手，左手总是背到身后。

据说，后人给华济生塑像的时候，明明两只手都塑在前面，可第二天左手硬是又背到了后边。人们便称华济生为"独臂先生"。

从此，药都中医只用右手把脉便沿袭下来。

穆
锅
盔

　　药都的锅盔是一种独特的面食，又名壮馍，厚足一寸，直径满三尺。有人来买，用薄如火纸的长竹刀轻轻一划，嚓地掉下一块，外脆里筋，表酥内绵，甜丝丝、香喷喷，富人家直接吃，一般市井人家用其作下饭下酒的菜吃。巴掌大一块足够一个成人的晚饭，其筋其软其酥其脆其香其甜其味其质其色其形，无不堪称一绝。这说的是穆家锅盔。清末民初，药都有四十多家专营锅盔，但独穆芳的锅盔最为有名，人代物名，物代人名，久之，人称穆芳和穆家锅盔均曰：穆锅盔。

　　穆锅盔生于光绪年间，长在清风巷，及至成人，做锅盔卖锅盔也在清风巷口。其人高七尺，臂长过膝，手大若扇，曾有一卜师吃过他的锅盔后说他有帝王之相，只因风水被人所破，才成了为世人提供美食的艺人。穆锅盔并不相信，一笑了之，依然天天做锅盔卖锅盔。

　　看穆锅盔做锅盔是一种享受，有人看出香来，有人看出味来，有人看出神，有人看出阳刚之美，有人看出阴柔之雅。每天太阳刚刚露脸，穆锅盔就开了朝东的店门，把放在店内的面案、平底大锅等一应用具搬出来，他再把袖子挽到两肘上方，清水净手后，便开始了一天的生意。他每天只卖一斗麦面的锅盔，整整十五斤。这些面一次倒入缸中，一次性兑水入内，然后弯腰勾头，一气和好。净手，点上一袋水烟，口吐青雾，面相东方。恰好一袋烟抽完，面正醒好，扬手把烟袋交给站在身后的徒弟。再净手，又弯腰低头两手入面缸，只听啪的一声，一块石头样瓷实的面块甩在了右面的面案上，啪、啪、啪如是三声响，三块大小一样的面块，紧挨着排在了七尺长的面案上，之后，穆锅盔才直起头来，耸肩出气，像做了啥重活一样。接着，穆锅盔取一面块，揉了堆，堆了揉，反复一百零八遍，面块"熟"了，正好成一圆球；两手并拢按了一圈，面球变成了径达二尺的面饼，再用梨木面杖忽地旋了一圈，面饼正好厚足一寸、径三尺；然后，只见他抓一把芝麻，手腕一旋，芝麻薄薄地盖了一层。此时，平底大锅下炭火正白。

穆锅盔并不看铁锅，两手两边托起面饼，啪地向锅内一撂，面饼在锅中一旋，正好严严地塞满铁锅。穆锅盔做锅盔，锅底并不放油，只是带芝麻的一面在锅底干炕，文火慢炕。半个时辰之后，锅盔成了，用手猛地提出，只见先前的面饼已如石块，靠锅底的一面正好炕出五个深黄的圆印，浑似鸲鹆眼，砚台般大小。这是穆锅盔特有的标志……

是火候不到任你买家
陆要再急也不出锅
真让药都人又奇又艺

人的能耐大了，规矩也准大。穆锅盔有两条规矩：一是，火候不到，任你买家催待急要也不出锅；二是，每天只卖三饼，任你达官富商势力再大出钱再多也决不多做。

　　人的能耐大了，规矩也准大。穆锅盔有两条规矩：一是，火候不到，任你买家催待急要也不出锅；二是，每天只卖三饼，任你达官富商势力再大出钱再多也决不多做。真让药都人又奇又气。

　　话说宣统元年，官至热河都统、昭武上将军的药都人姜桂题，想将口福惠及家乡父老，重金从宫中请来八位御厨来药都联袂授徒传艺，为药都留下三百二十九道有名大菜，这是后话。御厨离药都的前一天，听说穆锅盔世上独有，就想尝尝。但由于起床晚了点儿，来到清风巷穆锅盔店前，恰第三个锅盔刚刚卖完，正要收摊。姜家大管家一脸讨好地说："烦请穆先生再做一个，这八位御厨可是慕名而来的呀！"穆锅盔看都不看一眼："明天请早！"说罢，扭身进店。

　　管家和御厨们离开后，徒弟问穆锅盔："师傅，这些都是御厨啊，何不破个例！"穆锅盔长叹一声："你还年轻，规矩改了，穆锅盔就不是穆锅盔了！"

　　徒弟并不解其意。

吴状元

药都这地界儿，自打出了老子、陈抟、建安三曹后，绵延两千年，再没出过一位像样的人物。

这地气似乎真的给拔尽了。

康熙初年，终于又出了一位人杰——城东门老吴家的大公子吴明。五岁便能以"眉先生，胡后生，先生不及后生长"对"眼珠子，鼻孔子，朱子本在孔子上"之句。二十岁及皖、苏、浙三省乡试解元第。

康熙二十五年开科大选，天下举子纷纷进京，但吴明却不愿应考。直急得他老父摇头顿足。正在这时，药都三老来访。

这个说："咱药都帝王将相都出过，唯独没出过状元。"

那个说："因着没状元，黉学里初一十五会文，连中门都不能开，读书人脸上无光啊。"

"吴解元说啥也得给咱家乡争口气。"其中一个拱手便拜。

吴明一脸感动地说："三老放心，我吴明去争这口气。"

第二天，他打发书童买了个红纱灯笼，贴上黄纸金字，上书"状元及第"，下题"药都吴明。"第三天，即飞马进京。

到了北京城国子监门口，吴明迎面碰上一举子，同样手地执红纱灯笼，同样地上书"状元及第"，只是署名不同，"长州金圣叹"而已。

吴明和金圣叹相持一个时辰，同时下马，同时举手相拜，同时口出一言："天下竟有如我者！"

这就叫不是冤家不聚首。

推杯换盏之后，金圣叹提出能否私设科场，相互领教，输者吹蜡走人。

大阳一竿高，吴明起床知金圣叹不见了。只留下一字条：小弟不才，下科再考。

吴明断定金圣叹已离京回了长州。立即飞马出京相追。

追至傍晚，终于见了金圣叹。

"贤弟何须如此？"

"君子决不食言。"金圣叹倒头便拜。

吴明哈哈大笑："我这番来京，本逢场作戏尔，今科大选理当成全贤弟。况我无意功名。"

会试殿试后，龙虎榜一出，金圣叹果被康熙皇上御点为状元。而吴明因让了状元也无心回乡，整日间与广济寺和尚下棋诵经。好一个人间神仙儿。

转眼间康熙六十大寿到了，众翰林公推金圣叹题金匾祝贺。金圣叹略一沉思,题回文诗一首。这诗不愧为金圣叹手笔,横能念,竖能读,倒过来也丝丝入理,全是颂赞皇上寿比南山,功德无量的敬语。但每行让过字头,斜着一念,便令人胆寒,大意是:"若无金圣叹,皇上要完蛋。"只是众进士不明玄机罢了。

金圣叹忽念起吴明相让之情,便提议落上吴明的大名。众人无异,他便提笔添上一行小字:"今科三百六进士,外加药都一吴明。"

一天早上,京城突然大乱。吴明起床走出广济寺山门,就被一老和尚拉回。

"翰林送给皇上的寿匾出事了,皇上发下圣旨,要把送匾人全部斩首。听说匾上有你的大名,赶快逃吧。"

吴明只好蓄了发,穿上袈裟,离京城而去。

虽然吴明没争回状元,虽然史书上没有记载,药都人却依然世代称他为吴状元。

神
针
李

嘉庆年间，药都曾有一任知府——李廷仪。李知府生得眉清目秀，本是当朝榜眼。但因吏部关节未通，只放了个知府。

好在他是个心胸豁达之人，终也走马上任了。

到任不久，他便一身青衣独出衙门，被这古城闹市所吸引。

走着，走着，忽见街旁一白眉寸余白须过胸的老者正给一妙龄女子看病。举目望去，只见老者头上悬一迎风飘舞的布旗。上书：专治未病之人，神针李。

李廷仪弯腰蹲下，道："无病何须治，庸医自扰之。"说罢，折扇轻摇。

"世上无无病之人，病之显者有先后尔。"老者瞑目自语。

"先生，我病在何处？"李廷仪一脸的讥诮。

老者白眉微挑，审视片刻后又瞑目自语："观你病在满字。"

任李廷仪再三追问，老者仍不再言语。

话说，三年之后，李廷仪李知府突患怪病：肚鼓如牛，苦

在病人的惊骇之中

老者悄然而去……

李廷仪病愈后，就命人扒出带圆圈的青石，在背面刻上『戒满』二字，立于州府门前。

叫不止。遍请百里名医，均摇头而退。李廷仪忽然记起三年前老者所言，便立令去寻。

李廷仪又嚎了三天三夜后，老者终至。

"三年前，我观你双目曲光，必定性贪，故断你病在满字。今日验否？"

在李廷仪家人和衙门上下的哀求下，老者让其侧卧后，忽从空竹杖中取出一枚两尺半长的银针。

"如此也罢，拿你的命来。"说话间，银针穿肚而过。只听李廷仪一声厉叫，肚里的脏水哇的一声喷将出来。

在众人的惊诧之中，老者悄然而去。

说来也怪，老者离去后，李廷仪肚中脏物所喷洒之青石地面，长出一块块银元状的圆圈。

李廷仪病愈后，就命人扒出带圆圈的青石，在背面刻上"戒满"二字，立于州府门前。

李廷仪后因清正廉洁而官至正二品，那是后话。

知情人说，这满字碑现仍存于药都博物馆之中。

沈娘

沈娘一手满攥红芍药，一手握着白牡丹，袅袅地走在后花园的卵石路上。

十四岁时，沈娘就学会了用药瓣自制胭脂膏子。先把红的、黄的、白的、紫的、粉的、蓝的花瓣儿分色细细地捣成花泥，然后加入珠粉、麝香，再细细地捣匀，色香俱佳的胭脂膏子就成了。沈娘正思忖着自家花园的花太少，如何去城外再采些来，侍女春红急匆匆地跑来，猛地拽着沈娘的一只胳膊，红芍药落了一地。

"小姐，丁家来人了，那人昨儿个暴死了。"春红话未说完，沈娘已瘫倒在了硬硬的卵石路上，红花白花散落了一地。

沈家和丁家在药都，都是提起来让人称叹的名门望族。出了这等事，自然成了全城人哀叹、议论的话题。沈娘还是要嫁过去的，街坊上的女人一边流泪一边这样想着，说着。

第二天，丁家的轿子来到了沈家。迎亲的唢呐班子有两拨，是药都最好的两个班子。挤满街巷的药都人听着这无比喜庆的调子，却一个个愁容满面，人群中时而传出女人的抽泣声。

丁家出殡这天，也同样是药都人的大事。天一亮，人们就挤在从丁家到墓地的街和路的两边。沈娘一身白绫，被女人们两边架着在撒满方孔纸钱的棺前，一步、一步地泣着，挪着……

葬礼终于完了。像煎熬了一百年的药都人，一步一摇头地回到自己的家里。活着的人，终归还要活下去。渐渐的，人们又有了笑容，街上的吆喝声又亮了起来。只见过一面的沈娘，从此成了人们口中的贞女。

丁家也有着一个后花园。花儿红了、黄了、白了、紫了、粉了、蓝了，却不见沈娘来采。沈娘和侍女春红只是早早地坐在花园的石凳上，看晶亮的露珠在鲜艳的花瓣上滚来滚去。一天又一天，一年又一年。

再三天，就是丁家大儿子的五周年祭日了。天亮，沈娘的爹和娘坐在堂屋两边的椅子上，谁也不说一句话。都觉得胸闷、心慌、无所适从，也就在这时，丁家二儿子扑通一声，跪在他俩面前：嫂子昨夜用白绫自缢了。

沈娘的娘来到丁家，细细地看了女儿略隆的肚子和前后都青紫的脖子，向外瞥了一眼，往下拽了拽女儿的短衫，一头栽在了沈娘身上。

春晶亮的露珠在
鲜艳的花瓣上滚来滚
去一年又一年

沈娘正思忖着自家
花园的花太少，如何去
城外再采些来，侍女春
红急匆匆地跑来，猛地
拽着沈娘的一只胳膊，
红芍药落了一地。

　　丁家大儿子五周年祭日那天，沈娘入的土。和新坟一同突起的还有一处高三丈三的牌坊。以后的日子里，药都人一看到这青石牌坊，就觉得不仅老丁家老沈家脸上有光，自己作为药都人，脸上似乎也多了些光彩。

千
金
虎

　　千金虎不是虎，乃乾隆年间药都一写字高手——杨时轮的别称。

　　杨时轮少年聪颖，读书作画样样让私塾里的老先生吃惊。但他却无意于功名，只热衷于练字和拉弦子。

　　这字练得如何？没人见过，只传说，他写的字白天会动，夜里放光。这弦子——药都人把二胡称作弦子，拉得倒堪称一绝。

　　话说有一年的除夕晚上，全城男的女的老的少的纷纷向南门聚去。都说南门唱大戏了：锣鼓弦子一个劲儿地响，黑头、小生、红脸、花旦一个劲儿地唱。

　　可药都人赶到南门全都惊了，哪有什么戏，只有杨时轮挟一把二胡从城墙上下来。这一把二胡演绎了满台戏的景儿，使药都人对杨时轮又多了几分佩服。但谁也很少能跟他攀上话，一则他时常四处出游，二则他整日间闲云野鹤般深居简出。

云儿没有根，鸟儿喜丛林。

这一天，杨时轮和书童云游至苏州寒山寺。只见寺门口有一老妈妈不停地向人哀求，原来她要把眼前这个眉眼儿俊秀的小姑娘卖了。

杨时轮一问才知，原是一个恶霸逼死了她的男人，又要把十两银子的债滚成五百两，三天不还拿她女儿抵债，"把闺女卖了，也不能把她往这个老色鬼的火坑里推。"老妇人一把鼻涕一把泪地诉说着。

"老人家，不必伤心，跟我到码头边的船上，我送你五百两银子。"

杨时轮话刚出口，书童便小声提醒："老爷，咱统共才剩二百两，只够回家的盘缠。"

"这样吧，老人家，明天还是这个地点，还是这个时辰等我。"说罢大步向寺内走去。

晚上回船，杨时轮磨墨摊纸挥笔写下一斗大的"虎"字。

"明儿一早，你把这个字拿到当铺，当银要一千，当期写一年。"杨时轮拎起二胡向船头走去。

第二天一早，书童拿了这个"虎"字一连跑了十家当铺，没有一家肯接当。在人们的指点下，他来到苏州最有名的当铺——盛泰昌当铺。字画柜伙计看了看字，问当银多少，书童伸出一个指头。

"一两？"

"太少！"

"十两？"

"太少！"

"百两？"

"还太少！"

"这字能当一千两？"字画柜伙计站了起来。

正在这时从里屋走出一个五十多岁的账房先生。接过字一看，不禁一惊，连忙戴上老花眼镜摇头晃脑地半天不语。

"这个虎字也算写到家了，但不足之处是，这只'虎'脚跟不稳。当银九百九十九两如何？"

虽差一两银子，书童没敢做主。便收起字向杨时轮禀告。

杨时轮一听，失声叫道："是个识家。"

遂向船家借张八仙桌放在岸上，垫平四角，饱蘸大笔，临风又书一"虎"字。

一年之后，杨时轮带千金来赎字。只是"盛泰昌"已不见了，据说是失了大火，烧了库房。杨时轮仍不死心，经过二九一十八天苦找，终在一旧书摊前找到账房先生。

账房先生一口咬定，字在大火中烧掉了。杨时轮无奈而归。

三年之后，杨时轮在药都自家门前突然看到那"虎"字的赝品。自此，便封了笔。

杨时轮没给药都留下一字，只留下"千金虎"的美传。

神手梁

　　药都"梁接骨",可以说是百年没倒过牌子。只要是骨折骨伤,再重的病号,经"梁接骨"父子用手几番推、拿、扶、正,外加几贴黢的膏药,定能三十天起床,百日下地。但有一点,"梁接骨"父子只治骨折、骨伤,从不治扭伤之症。

　　"梁接骨"先祖也是有名号的骨科医生,人称神手梁。他不仅善治骨折、骨伤,摔打扭伤更是手到病除,且从不用药。

　　且说一日正午,太阳如火。神手梁更是忙得汗流浃背,前来求医的人从正堂排到大门外的黑槐树底下。

　　这时,只见一男孩搀着一个三十岁上下的妇女,直奔中堂而来。排队的病人虽多有不快,但见她手托后腰痛苦呻吟状,也没谁拦她,怪她。

　　妇人来到神手梁面前,坐定,呻吟声更大。神手梁问过之后,让其站直。妇女被儿子扶着刚刚站稳,神手梁猛弯下腰来……众人只听到妇人一声尖叫,接着便见她一手捂脸,一手提着裤腰夺门而出。原来，她的裤子被神手梁拽下了二寸。

病人们遂议论纷纷，有几个年轻的女人弄清事因后，也离门而去。

不一会儿，刚才那妇人领着手持木棒的男人闯了进来。

神手梁抬眼一望，那男人顿矮了半截。

"你媳妇是来干啥的？"

"来治腰。"

"那就对了，看她的腰还痛不！"

男人回头一看，妻子正腰板直挺地站着。

"看看你的腰还痛不。"男人回过了神。

女人左扭右扭，没有了一点痛感，男人一脸的莫名惊诧。

神手梁停了手中的蒲扇："你妻子弯腰进门我便看了她的形色，身体健壮，衣着破旧，断她不会是淫逸之伤，更不像久病之人。腰疾肯定是闪扭所致，只要弯腰活动便可自治。但女人一般是忍不了剧痛弯腰的，才出此计。"

男人和女人恍然大悟，连连致谢，三叩六拜之后离去。

自此，神手梁名号更大。但其后辈却从不治扭伤之症，专攻骨折、骨伤。

有人说，后辈讳神手梁那不雅之举；有人说，从此药都方圆百里之内再无人寻医治腰扭伤。

但有一点是肯定的：时至今日，药都人几乎人人会治腰扭伤了。

段老谋

晚清年间，药都出了个名角——段老谋。全城男女老少谁见了他都会喊一声"谋爷"！

谋爷整日间青衣小帽，清清癯癯，慈眉善目，也无啥惊人之处。但他绝对是药都最受人尊敬的市井人物。

"没有谋爷摆不平的事。"连州官李宗山都这样说。

有这么一个傍晚，药都北门口两个卖零工的年轻人因一天无活，饥饿难忍。正发愁时，忽见谋爷从白布大街摇摇晃晃地走来。两个年轻人互递了个眼色，便一拳一脚地打开了。

谋爷抬眼见两人打了起来，老远便喊："别打别打，没有解不开的疙瘩，说说为了啥？"

一个说他借我两吊钱不还，一个说都三天揭不开锅了，上哪儿给你屙钱。

谋爷一听，手一挥说："这两吊钱我还，别再动手动脚了。"可谋爷伸手一摸，自己偏忘了带钱。遂吆喝街东的"郑大祥"

布庄郑掌柜："郑掌柜，转两吊钱，明儿还你！"

郑掌柜正在给客人扯布，忙说："谋爷说了，还提啥还字。"等他拿钱出来，晚了！街西的"裕太昌"布店的裕老板已将钱双手递给了谋爷。

谋爷刚走，这下可热闹了。"郑大祥"的郑掌柜大骂起来："裕老板你可是人？谋爷指名要我拿钱，你凑啥热闹？"

裕老板不气不恼，抱拳相告："今儿个我一句不还，为谋爷挨骂，值！"

这就是谋爷。

到了光绪十一年，人杰地灵、凤凰落地的药都被英国人看中了。英人陆克斯怀揣朝廷圣旨，抚台、知府相陪，来药都溜达了三天，最后宣布：就在北门涡河南岸建教堂。

谋爷自然不吃这道菜。"有我谋爷在，休想建教堂！"一句话出口，教堂白天盖，晚上倒，七七四十九天竟没有垒起一道墙。知府李宗山迫于陆克斯的淫威，只得上书朝廷，要以"煽动闹事，违抗圣旨"办谋爷。

一道圣旨传下，老佛爷慈禧要人押段老谋进京。

话说药都籍官拜热河督统制昭武上将军姜桂题，听说老佛爷传段老谋进京，早早便在京城火车站把谋爷迎进家中。

姜大帅三天前通过大太监李莲英给老佛爷吹了风。慈禧传出话来：他只要认个错，可不斩。

过了午门，进入宫中，养心殿内老佛爷垂帘讯问。

"为何抗我旨意？"

"小民不敢。"

"那，为啥陆克斯的教堂在你那药都竟盖不成？"

"狗护一家，人保一方。洋人仗着枪炮占我大清土，害我大清民，我没能耐保全整个大清，但我拼死也要保住药都。只要我段老谋在一天，洋人就盖不成教堂！"

慈禧沉吟半天，发下一道圣旨：药都只要段老谋在，洋人谁也不准盖教堂。

谋爷反洋教在全国出了名，却有一人不服。谁？山东济宁府的好汉孙三爷。

孙三爷是济宁府玉堂斋的大掌柜。祖辈为官，家藏万贯，为人豪侠，也是个响当当的人物。在济宁府一听说段老谋在药都有这般名气，很是不服：去药都舍钱放粮，压他的威风。

这一年夏天，孙三爷驾两匹大马拉三箱银子，直奔药都而来。刚进药都地界，忽从高粱地里跳出十名执大刀的壮汉。

"车到我地，路是我开，把钱留下！"

孙三爷是见过大世面的人，知道此时只有舍钱消灾。

钱柜卸下之后，其中一位壮汉见孙三爷一身杭绸闪闪发光，便让其脱下。

孙三爷无奈，只得说："钱，你们留下。衣服给我留着，我还要去城里访谋爷。"

此话一出，十条壮汉呼啦一声齐刷刷跪下："小人有眼不识泰山！"

孙三爷愣了片刻，忙一一扶起。

"既是谋爷的朋友，我们太冒犯了。"说话间，三箱白银又满上了车。

孙三爷哈哈一笑："过分了，我带钱来药都就是舍钱放粮的，弟兄们急用就把车赶走吧！"

话没说完，壮汉们却没了踪影。

孙三爷自叹道："钱再多也是买不来威风的，和谋爷比我是不行的。"

于是，调头回济宁府而去。

花脸汪

清末民初,药都泥塑享誉九州。但专营泥塑的铺子和艺人并不多,只有西河滩老花市街的福顺祥和老城内砚湾池街的鉴如号。

福顺祥是个大铺面,刘三友一家十多人个个能捏能塑,且式样也多。有梁祝、牛郎织女、青白蛇、悟空八戒、胖娃娃、老虎、对狮、摇猴、鸣鸡、金鱼、青蛙、秋蝉、桃、柿、桔、梨,也有关公骑马、刘孩骑牛、武松打虎、麒麟送子、春江花月夜等,上百种之多,个个造型夸张传神,笔法简练流畅,黑红绿白黄紫蓝,色彩鲜艳火爆,既是孩子们的玩具又是居家的摆设,生意兴隆。

而在砚湾池街的鉴如号就不一样了,这是个小门面,只是在沿街开了个单门,门头前挂着一个小招呼牌——"鉴如号"。这里只有汪鉴如一个老头儿,慢条斯理地捏呀画呀,也只卖脸谱。因他卖的脸谱是花的,不知从啥时起,药都人就都知道花脸汪,时间一长,脸谱也叫"花脸汪",鉴如号也被称作"花脸汪",汪鉴如自然更是"花脸汪"了。

花脸汪何时开始塑脸谱?没人记得清,但人们知道花脸汪时,他已经五十岁不能少了。花脸汪原是药都八大家老汪家的一支,年轻时以善诗工画而名于药都城,据说现在药都汤王陵内,"桑林桐宫古帝都,迹灭千年石空在"一联为他所留;对其画功也多是传说,相传他画人栩栩如生。那时候,这等才俊自然要取功名的,可他自十四岁参加童生会考连夺三场头名后,就没去参加乡试。

知情人说,这都是药都名将姜桂题把京戏引入药都惹的祸,汪鉴如第一次看京戏就迷上了。从此,每有戏演出,他都必去听,为此他的父亲把他一条腿都打折了,把他从家里赶了出来,断了父子之亲。这也许是传说,但花脸汪左腿一走一拐却是事实。人一出名,关于他的传闻就多。药都人虽然都这样传,并没有人信以为真,多数人不愿意这些事发生在花脸汪身上。这都是他的脸谱太招人爱使然。

花脸汪的泥塑脸谱用泥最为讲究,每年大暑他都要亲自出城,到城东八十里乾溪章华台下去采胶泥。这章华台原是楚国宫殿,"楚王好细腰,宫中多饿死"之地,其泥摸之粘手,色紫红,质地匀细洁净,不含丝毫沙性,以水和成坯料柔软而具韧性,干而不裂,弯而不断。就是这等胶泥,花脸汪也还要在其中掺入适量棉絮、绢丝,所谓适量,就是多一丝不行少一絮也不行那种境界。和泥时喷上滚开的河水，多一口少一口也不行，然后，先用木钎捣，木槌砸，木板拍，这样和出的泥只叫一遍泥；接着要醒泥，醒到时辰了，再如上捣、砸、拍，这叫二遍泥；直到六遍泥，才能使用。泥和好了，花脸汪就按着心里的人面形象，塑，捏，刻，雕，修，刮，磨等十二道工序，塑成泥坯。然后，经阴干，烘烤至透干后，接下来才是按戏里的脸谱，一笔一画地彩绘。

花脸汪的脸谱主要绝技在于彩绘。他的彩绘，以红为忠勇，黑为正直，黄为残暴，白为奸佞，绿为恶野，蓝为草莽，金银为神怪。在脸的图案上，或表现戏中人的传说，如钟馗嫁妹引福入堂的蝙蝠，李元霸系雷神下界的雷槌；或描绘戏中人面部的特征，如曹操的面痣，关羽的凤眼；或绘戏中人善使的兵器，李逵的板斧，窦尔墩的双钩，孟良的红葫芦，典韦的戟形；或以象征显示戏中人的特别，姜维谙天文额绘太极图，李克用身为番王额绘黄龙；有时寥寥几笔就绘出了戏中人的命运，如周仓的血额，夏侯淳的泪痕……每一脸谱，无不尽显戏中人的命运悲欢。

其用色均按"三型七彩"之法，红黑两色以漆勾绘，而黄、白、绿、蓝、水红各色则用颜料。漆色明亮，可令基色突出，并与它色生出明暗，从而使一张泥脸如生人一般，喜、笑、怒、骂、悲、乐、苦、恨，呼之欲出。

花脸汪的脸谱这般精细，加之他已年迈，自然产量极少。有买者多要提前半年交上定钱，到了后来，有时提前一年交上定钱也不能如期取货。但价钱并不高,只有能哼上两句京戏者,他才肯答应给做。用花脸汪的话说,这一叫货卖识家,二则他只是挣口活命的饭钱。这样一来,药都人对他就另有一番敬重,许多人都喜欢到他那间鉴如号门前看他。但花脸汪言语金贵,并不跟人们多说几句话,到了后来,药都人竟以跟花脸汪说上话为荣。自然,花脸汪就像谜中的神一样,让药都人猜着,敬着。

这一年的冬天,药都奇冷,连狗都蜷在屋子里懒得出来,出来了也懒得叫一声。七十二岁的花脸汪交出最后一个脸谱,就把鉴如号的招牌摘了下来。入了腊月,花脸汪的那间房门仍紧闭着,街坊就有一种不祥的想法,孤单单一个老人,不会出什么事吧。上午,十多个人就商量着把门给打开了。汪花脸的屋子进深大,里边还有一个套间,门上挂着一幅蓝底白花的帘子。有人掀开帘子一望,大吃了一惊:花脸汪和衣躺在床上,臂弯里却睡着一个风情万种的年轻女子!

前面的这人急放帘退出。屋内死静了一个时辰,见内仍无动静,外面的人才断定两人已死。于是,众人一道,持烛而进。烛火之下,方见花脸汪早已死去,臂弯内的"年轻女人"乃为彩塑。有上了年岁的人看后,说这女子就是第一次来药都的京戏班子里的戏子——青衣玉兰花。

之后,药都一些大户人家都没有了花脸汪的彩绘脸谱。时至今日,知道花脸汪的人竟少之又少。

天鬼刘

天鬼刘从上海滩回到家乡药都，已经是三十年没在药都西河滩露面了。天鬼刘世代以耍魔术为生，十岁那年随父亲到上海滩卖艺，因上海战紧，于民国二十八年回乡。回乡后的天鬼刘仍以耍魔术为生，只是他从不出手，只有他的儿子和一个女徒弟英英在西河滩"一口秀"茶楼偶尔演上一场，聊以为快。

汪伪第二方面军司令张岚峰驻药都，此人到药都一年后才听说有关天鬼刘的艺名，就要看一看这个天鬼刘到底有何绝活。但几次让人去请，天鬼刘均以身体不适多年未演而婉拒。这一天，张岚峰妻子张志兰回北京了，寂寞之时他再次让副官前去邀请。因此前已拒绝过多次，加之天鬼刘觉得张志兰这个北大学生在药都创办了怀恩中学，是做了好事的，便答应去了。

天鬼刘带着儿子和徒弟英英到姜家大院张岚峰住所门前时，卫兵坚持要检查道具，怕主子张岚峰遇刺。天鬼刘毫不退让，说："我是应邀而来，道具保密。要查，我们立马回去。"后在张的应允下被请进了司令部。

　　一屋人落座完毕，英英把大厅中的帷帐一撩，帷后唯一小桌，空空如也。紧接着身着月白灰长衫的天鬼刘，左手执折扇，右手托一惊堂木，踱着方步步入帐后。英英纤手一松，帷帐落地，只听惊堂木一声脆响，表演开始：立时，鼓锣笙箫笛琴号钗筝钹琵板篌和声齐天，三声铳响后鞭炮噼啪连绵，紧接着主事的迎客吆喝声、客人的祝贺声、主人的答谢声、儿童纠缠母亲的喧哗声、新娘拜堂时的司仪声、年轻小子的欢闹声……此起彼伏，交杂一起。

　　人们的嘴张得最大的当儿，忽听惊堂木一响，帷帐被英英再次扯开，天鬼刘依然手执折扇从小桌后走上前台。天鬼刘向台下微微一躬后，儿子从左边送来一只矮木架、五块透明的玻璃、一方红毯。天鬼刘先把一块玻璃放在木架上，再把另外四块玻璃分插在四周，然后拎起红毯向空中一抖，盖在了玻璃缸上，紧接着手向空中一抓再向红毯上一放，等他再次拎起红毯时玻璃缸内已是多半缸清澈的水了。天鬼刘又向台下微微一躬，儿子便送来一钓鱼竿。天鬼刘接过鱼竿向空中一甩，再把鱼竿向玻璃鱼缸上方一悬，然后鱼竿一抬，一条红色金鱼便挂在了钩上；再向空中一甩鱼竿，往鱼缸上一悬，再一抬，又一条墨金鱼挂在了钩上，如是一连挂出五条不同颜色的金鱼。张岚峰连连向天鬼刘招手，示意他过来。只见天鬼刘在台上摇摇鱼竿，又拉拉鱼钩，然后向张岚峰走来，走到离他有三尺远的前方，把鱼钩向他面前一垂，然后向空中一甩，一条紫红的金鱼挂了上来。台下顿时大哗。

天鬼刘回到台上，把鱼竿交给英英，英英向后台走去。天鬼刘再次向台下微微一躬，然后手拎着红毯盖在玻璃缸上，向空中一指，口念"走，走，走"，三声过后，拎起红毯向空中一抖，然后一块一块地把五块玻璃全拆下来，缸里竟无一滴水。他再次把玻璃一块一块地插成玻璃缸，又把红毯盖上，然后向空中抖了几抖手，口喊"一、二、三——变！"红毯一揭，装扮动人的英英从玻璃缸中出来。众人正在惊诧之时，天鬼刘示意英英回到玻璃缸中，然后盖上红毯。这时，天鬼刘接过儿子已送来的二十把利剑，从上到下，从前到后，从左到右，纵横交错地插了进去，当插到最后三把时他的速度加快，突然玻璃缸内惨叫不止，最后一把利剑插进时，鲜血顺着剑柄流出。

台下一片大叫。天鬼刘也十分惊讶，大声向儿子喊："快！快！"两人慌忙拔剑。剑拔完之后，红毯一掀，玻璃缸内空无一人。台下正在惊疑时，英英突然唱着小曲从最后排向前面走来……

天鬼刘向台下深深一躬，正要谢幕时，张岚峰的副官向台上走来。副官说："张司令要你把长衫在台上脱下来，看看里面。"天鬼刘断然拒绝："这是我祖上传下的规矩，长衫是不能当众脱的！"副官冷冷一笑："不脱长衫，把你的女徒弟留下，陪司令过夜！"天鬼刘瞪着两眼，一句话也说不出来。这时，英英走了过来，她向天鬼刘递了个眼色后，开口说："为了祖上的规矩不坏，我留下！"天鬼刘和儿子被送了回去。

这夜，十点多钟，在张岚峰带着英英从酒楼回到姜家大院他的司令部没有多久，忽听院外狗吠大起，一会儿长枪短枪手榴弹炸成一片……张岚峰猛地从屋中冲出。当他和卫队冲出院门时，见四处除几条狗仍在狂叫不止外，并无异样。等他再回到院内的住处时，英英已杳无踪影了。

洪先生

洪先生学名洪明义，原来并不瞎的，两眼大而机灵，是那种水汪汪的羊眼。十三岁，他从乡下来庆普堂当学徒，大掌柜朱恒敬看一眼就相中了：这孩子长得善，又聪明伶俐，是块做生意的料！

洪明义确是块做生意的料，心灵手巧，很有眼色。开始他帮杂，庆普堂的杂事都是他做，端茶倒水擦桌扫地所有杂事他都做得有条有理，庆普堂因他的到来显得比过去清爽了许多。庆普堂地处下坡街，不在闹市，资金也不多，就不能专靠买卖成药，多是从炮制药中赚钱。第二年，洪明义就不再帮杂，开始制药。他做事特别认真，切、碎、刮、压、蒸、煮、熬、煎、泡、炼、炒、锻，该怎么着就怎么着，从不半点偷工减料，深得大掌柜的喜欢。洪明义原是不识字的，但他平时用心去学，进庆普堂的第四年竟能记账开票了。于是，掌柜的朱恒敬就让他管零柜批发开票。

　　洪明义很是感激掌柜的对自己的信任，做起事来更是卖力。为了使买药的能快走，多做些生意，该吃饭时他也不吃。这年冬天，他右手食指上长了疔，肿得握笔都困难，见开票慢耽误生意，就用手撕下疮皮，挤出脓血，然后继续工作。二十一岁上，洪明义被任命为庆普堂的总账兼外购。此时的庆普堂虽比前些年底子厚了，但资金现量仍不能做大笔生意。

　　洪明义就跟掌柜的朱恒敬说："庆普堂要想做大得想法子，不如把一部分钱先借给乡下农民让其种白芍，定好收价，三年后让这些农民卖白芍给庆普堂，利息从他们所卖的白芍中扒掉。"朱恒敬觉得此法虽有风险，但有利可图，就同意了洪明义的想法，并要洪明义做好此事。

　　洪明义下乡对农户考察，然后买白芍芽子折成钱发给农户，并且每年三次下去帮助他们施肥、晾根、封土。第三年秋天，白芍长成了，虽然药市上白芍紧缺，但庆普堂还是一次收购四万斤。收来的白芍经分级、切制、打包后，一次向上海发了四票（每票一万斤），这次赚了两万多块银元。现银从上海买回成药，一次又赚了两万多块银元。庆普堂一下子成为药都城内药界的新发大户，洪明义也成了有四厘股的二掌柜的。这一年是民国八年。

　　也就是在这年冬天，洪明义押车给安国一药商送西红花。到了离药都城还有一百里远的归德府南门外，马车被八个土匪拦住。洪明义急中生智，让车夫赶着车向前跑，自己跳下车向路边逃。土匪见掌柜的跑了，就一起去追，抓住后先搜后打，见没有钱钞银子，很是生气，刺了洪明义左眼。朱恒敬听车夫说遇土匪，洪明义逃了，断定不仅银子没了，洪明义也不会再回来，很是生气，就细细地盘问车夫洪明义一路上的一举一动。第二天，洪明义捂着左眼回到了庆普堂。他让人把车掀翻，把车厢底的横梁拿掉，银元便从夹层中露了出来。庆普堂无不称奇。原来，洪明义在安国把车夫支走请人给车厢底做了夹层！

洪明义瞎了左眼，仍做二掌柜的。朱恒敬见洪明义来庆普堂都十四年了，且瞎了左眼，就把他的丫环小翠许给了他成了婚。洪明义成了家，更是感激大掌柜的朱恒敬，庆普堂的生意做得越来越红火了。药都的同行见洪明义这般能干，又对朱恒敬这般忠诚，就有点嫉恨，背地里都叫洪明义为洪瞎子。洪明义并无反感，只是把庆普堂的生意做得更大了。

一晃又一个十年过去了，小翠一直没有生养，洪明义就有点躁。这天，他正在做账，却突然想起了自己儿花女花没有一个，心里很是不安。想着想着，账就做错了，他把这页撕了，揉巴揉巴扔在了纸篓里。第二天，就是每月向大掌柜朱恒敬报账的时间了，洪明义每月底都要把账一笔一笔报给朱恒敬听的。这是庆普堂的雷打不动的规矩。

洪明义抱着账本，来到大掌柜朱恒敬的正堂里，坐下来，喝了口丫环送上来的茶，便一笔一笔地念起了账，朱恒敬微眯着眼不住地点头。大账终于报完了，洪明义有点儿累了，想尽早出去。朱恒敬却发了话："二掌柜的，近来心情如何？可有啥事要我办的？"洪明义连声说："没事，没事的。"朱恒敬身子正了正，笑着说："你有心事就说说，昨天你的账重做了。"洪明义一愣，也笑了："是的，这些年还真没有重做过账呢！"朱恒敬就又笑了，笑后，声音低低地说："这些年你确实没重做过几次，你看，这都是你撕下的账纸。"洪明义望着朱恒敬从袖中掏出的账纸，猛抽了一口冷气："这，这……"还要说什么，朱恒敬却站起来，走到他身边，右手轻轻地拍了一下他的肩膀说："都拿回去吧，也是个醒儿。"

洪明义不知道自己是咋回到自己家的。一路上，他两腿虚得很，一飘一飘的，右眼更不好使了，进门时差一点撞在了院内的桂树上。小翠见他踉踉跄跄地坐在了椅子上，就急忙倒了茶送上。洪明义胳膊猛地向外一扫，茶碗碎在了地上。"我真是瞎了眼了，他朱恒敬竟对我这般不信任！"洪明义用右手猛擂着桌子。小翠看着桌上那几张皱巴巴的账纸问："你想怎么办？"洪明义大声说："我不在庆普堂干了，我不在药都干了！你收拾东西，我们走，现在就走！"小翠已跪在了地上，哭道："我不能跟你走。明义，见你这般忠于大掌柜的，我不忍心再骗你，我是他派到你身边的！"

洪明义突然张大了嘴，久久不能合上。小翠转身要走时，洪明义突然仰天大笑："我真是瞎了眼啊！"说罢，右手食指和中指向右眼一抠，啊的一声倒在了地上。

　　第二天，庆普堂的人全都走了。庆普堂不再是庆普堂了，一下子没有了生意。这年夏天，朱恒敬死了。

　　药都再没有人喊洪明义洪瞎子，都称他为洪先生。

姜老过

清末民初，姜老过是药都官阶最高、传奇最多的人物。其真名桂题，字翰卿，姜老过只是家乡人送的外号。因其身材魁伟，出身贫寒，地主当工钱给的一件旧棉袍，他穿在身上将过腚，将与姜同音，"姜过腚"就成了他的外号。后来，姜过腚从军混出了模样，乡人觉得应该尊敬，就把"腚"字去掉，加上"老"字，便有了"姜老过"一称。此为后话。

那一年，僧格林沁受慈禧之命来药都剿杀捻子王张乐行，那时姜老过只有十六岁。

外面兵荒马乱，这对于身高九尺、肚量极大的姜老过来说，更是雪上加霜。这天黄昏，三天没混到饭吃的姜老过决绝地叩别母亲，他要当兵吃粮去了。临行，娘把一双长二尺二寸的布鞋交给姜老过，说："儿啊，当兵没个定窝，遇到山石路时穿上它！"

饥肠辘辘的姜老过，手捧长鞋，艰难地抬动着那双饿软的长腿，赤着的两片大脚，啪嗒、啪嗒地挪向城北十里的僧军大营。

僧军哨兵见姜一步步稳稳地向营门走来，且个高如柱，手捧异物，以为是捻军中的奇人，飞报大营。僧格林沁亲出大营，举镜远望，见后面并无随兵，遂命五百精兵出营生擒。士兵把姜老过团团围住之后，姜几乎毫无反应，仍是啪嗒、啪嗒地向营门挪去。周围一下子寂然肃穆，五百僧军便分列两侧，夹着他，一步一步挪向营门方向——

姜老过终于来到了僧格林沁的大帐前，两眼发直的僧格林沁正要问话，张着的嘴却没有合上。原来，姜把一双大鞋放在地上，一屁股坐了上去。

"你要干什么？"僧格林沁直指姜老过。

"俺要当兵吃粮。"姜老过塌着眼皮，喘着粗气，声音憨憨的。

"好！好！好坏子！快拿饭来！"僧格林沁击掌大笑。

姜老过吃饱之后，情况却发生了变化：姜老过突然想起，自己投错了营，这是以"通捻罪"杀父的清兵。于是，起身要走。僧格林沁哪肯放人，忙说："你不是为吃粮而来吗？我保你大米白面肥肉吃个够！你就是打旗的旗兵了！"

姜老过想了一夜，都定不了主意。可当第二天开饭，他见到一筐筐白面大馍，一盆盆肥肉片子时，心里狠狠地骂了一句："奶奶的，就在这里吃肥肉片子了！"

张乐行的两万捻军在药都城南十里的黄寨，僧格林沁清兵三万在城北十里的雉集，中间隔着药都城，两军对垒，互不敢妄动。中秋节这天夜里，僧军终于出动，向城南突袭。捻军发现后，借地熟之便亦出营反扑。扛着大旗，跑在僧军的最前面的姜老过，见捻军来势凶猛，遂掉头向回跑去。僧军见大旗向回跑，也纷纷掉头向回跑，一口气又跑到城北关。后面，捻军追杀声震天。

此时，姜老过突然发现别在腰间的那双新鞋没有了！这可是娘给他做的唯一一双鞋啊，一次都没试过脚！于是，就扛着大旗，转过身来，迈开长腿，向城南跑去。他要去前面找回娘给他做的那双新鞋。

僧军一见大旗突然又向前冲去，又立即掉头向前追去。正向城北追杀的捻军，忽见僧军又大队向这边追来，以为僧军大部队在后面，也只得折身向城南自己的营地跑去。姜老过并不知道丢鞋的确切位置，只顾向前跑，捻军也只有向前跑，以至僧军跑到捻军的大营。姜老过这时才知道已经过了丢鞋的地方，但僧军已占了捻军的大营。

天亮，僧格林沁要赏后来领兵向回追的将领，却无人应。问来问去，都说是在扛旗兵姜老过的旗帜下向前追的。僧格林沁大喜，遂升姜老过为管带，统领他来投军那天第一次见面的五百精兵。

那双大鞋自然也找到了。

此后，姜老过因身高力巨，勇猛过人，在清军频立奇功，屡经升迁直至毅军军统，兼热河都统，授昭武上将军，勋一位，管军府事务，擢陆军检阅使。

姜老过极重礼仪。民国十年十二月十九日，七十九岁的他，登车去总统府团拜之时，突然晕倒而逝。

姜老过死后，哀荣备极。位于京中的翠花胡同祭棚高搭，京师卫戍司令王怀庆、宪威将军步军统聂宪藩、总统府卫队统领王乃朴等八大将军分守灵侧，大总统徐世昌亲撰祭文并赴灵堂宣诵，逊位皇帝溥仪亦前往致祭，各部府、机关、团体、驻军前住祭奠者百日不绝。灵车回药都时，数万人随大总统及众高官贤士送行出京，大总统责成沿途各省长官隆重路祭。各国报人亦拍照撰文述其盛况。

这一切，都是因姜老过后来做过抗击日军、护四库全书从承德回北大、讨伐张勋复辟等好事，只是史书记之甚少。

余知州

乾隆年间，药都来了个叫余汉的知州，这人出了名的黑白分明，疾恶如仇，且有一嗜好，喜读《岳飞传》。每读到秦桧谋害岳飞时，便涕泪满面，怒发直立。

这一天晚上，他又读到此处，竟披衣上堂，命衙役捉拿秦桧。秦桧自然是捉不到的，知府余汉从此得了魔病，整日间命人捉拿秦桧。药都一班衙役被折腾得哭笑不得。

又一天晚上，余知府魔病又发，一声声大喊捉拿秦桧。

这时，老班头心生一计：让众衙役立即扮成牛头、马面、黑白无常、判官、小鬼，去班房中拉个囚犯，扮成秦桧。不一会儿，蓝光幽幽的大堂中，众鬼吆喝，鬼影憧憧，铁锁响处，秦桧被带到大堂。

余知府见秦桧被带来，惊堂木拍得咄咄响，喝令推出斩首。老班头惊慌解释：这是请地狱阴差捉拿到的秦桧的灵魂，应由阴官判罪，要送回阴府交阎王爷发落。这才骗过知州，得到应允。于是，大堂上铁锁哗哗作响，众鬼各张架势，拉走秦桧。一路上扮鬼的衙役开心至极，想着鬼的模样，拉着秦桧欢蹦乱跳，折腾一夜。

自此，知州余汉的魔病渐渐好转。过后，众衙役觉得这场游戏挺有趣，加上知州的魔病还时不时地犯，便不断操演，不断丰满，配以锣鼓、长笛、旌旗等道具乐器，最后成了民间争相习演的一种奇特鬼戏。后又衍成鬼会，也叫拉秦桧，也叫大班会，只有在每年的正月十五才上演。

每年的这一天，年饭撑直了腰、年酒润活了肢节的艺人，用油彩涂花了脸，穿着吓人的鬼衣扮成牛头、马面、黑白无常、判官、小鬼、秦桧等，纷纷登场。

鬼会统共分五场。

第一场，大登。判官升堂，将捉拿秦桧的传票交给阴差——二百钱。

第二场，阴差搬兵。二百钱带游鬼分别邀请黑白无常、风流鬼、土地神、阴差等众鬼神，一齐奔往秦相府。

第三场，拿秦桧。众鬼闯入秦府，将秦桧的魂灵铁锁锁头捉拿归案。

第四场，二登殿。众鬼将秦桧推上公堂，判官审讯后命其披枷带锁，押往阴曹地府。

第五场，过奈何桥。秦桧在众鬼的押解下，极不情愿地过奈何桥，去地府……

鬼会，一年一年地演了下来，而现在的药都人却很少有知道知州余汉的。

栗虚谷

栗虚谷的父亲是咸丰年间的举人，曾做过巴东知县，后因官场排挤被削官还乡。回乡的栗知县，前思后想，最后总结出官场失意的原因：一是上任没有贪，无钱走动；二是举人出身，难以结交朝中大臣。于是，他做出两个决定：一是自己从商，积蓄钱财；二是，择名师让儿子栗虚谷苦读。

可栗虚谷却不买这个账。他考取秀才后再也不参加乡试，只热心于画画。栗知县很是气恼，打，苦打，毒打，都不见效；劝，苦口婆心地劝，更动不了他的心。栗知县只得退而求其次，让儿子做一个有钱人吧。但栗虚谷对做生意同样不感兴趣，唯一喜欢的就是画画。

栗虚谷在画画上确有悟性，先是工笔。十四岁上，所画花鸟虫鱼山石水树无不惟妙惟肖。这年秋天，药都老鼠奇多，连栗知县的书房里都常有老鼠乱窜，猫儿撑得夜间都不动了，栗知县也无可奈何。一天，栗虚谷把自己画的一幅猫挂在了父亲的书房,栗知县并不在意。但当天夜里就没有听见老鼠的动静。天亮时,画已被家里的那个花猫拽在了地上,花猫蹲在画旁,跳起落下,跳起落下,欲前捕而不敢。站在一旁的栗知县会心地笑了:谷儿定成大器!

栗虚谷二十岁时便以画钟馗而名扬江淮。一次,父亲的故旧苏知州路过药都进栗家相见。饭后,栗知县提出要栗虚谷画一钟馗图送知州。栗虚谷展开画纸,握笔蘸墨,皴、擦、勾、斫、点、染、抹、拂,片刻之后,一幅钟馗捉鬼图现在纸上:钟馗蓝衫半披,露着右肩,右脚蹬鬼下腰,左手提鬼发髻,左手食指剜鬼右眼,一身之力、气、色、貌、神全在左手食指。苏知州看一眼钟馗那入鬼之眼的食指,先吸了一口气,又向后退了半步,愣怔不语。栗知县开口道:"知州看不上?"苏知州忙答:"不,不,公子画功超凡,只是老夫觉得有点儿瘆人,不夺爱了,不夺爱了。"栗虚谷哈哈大笑,掷笔,出门大步而去。

人曰,四十不惑。栗虚谷四十岁上确已一改从前,画格也变,只攻梅兰竹菊。见其画者,无不称其精妙。被称为药都第一伽蓝的白衣律院住持一空,早想请栗虚谷为影墙题画。腊八放粥这天,栗虚谷被大和尚请到白衣律院。栗虚谷在影墙前沉思一会儿,突然登上桌子,手握巨笔,饱蘸浓墨,笔触影墙壁飒飒有声。一个时辰,一幅"风雨竹石"跃然墙上:只见一根瘦竹依于石旁,暴雨之下,挺力向上,显参天凌云之势,几簇秃笔所画的扁方状竹叶倾斜飞动,疾风的狂欢,竹子的苦斗,

香墨硯好宣纸备乎
宋唐虚谷右手放入墨中

栗虚谷右手放入墨中，浸透了，抬起手，五指叉开，指掌并用，在雪白的纸上纵横回旋。如是反复数次，只见雪白的宣纸上黑白一片。

令观者缩肩生寒……观者啧啧称奇，栗虚谷也心中自喜。

栗虚谷退出人群时，却见一面生法师独凝眉不语，很是不解。问之："法师有何见教？""老僧乃从九华山来此挂单，有幸一睹先生手笔，本是造化了，哪有见教？"法师笑而要走。栗虚谷紧跟一步："刚才见法师皱眉，愚作定有破绽。请点拨一二！"法师看一看栗虚谷，就说："先生画功已超俗，但画不难于小而难于大，而最难者乃气节也。先生所画竹子，一如愤世之勇夫，未能脱凡夫之气节！"说罢，拱手而去。过了春节，栗虚谷离开了药都。

五年后，栗虚谷回到药都。想见他的画已成为时人的幸事。关于他的传说更是纷纭不一，有一点是真的，栗虚谷不再用笔作画，而改以用手指作画，但并没有人见过。接下来的几年，往来求画的各色人等你来我往，但极少几个人见到栗虚谷的手指画。这事就气恼了土匪费大手。费大手的手大如蒲扇，本是福相，可考取秀才后四次乡试均未中举，在一场官司中家败人亡，遂聚众做匪，专与官府作对。

一个大雪夜，栗虚谷被费大手绑走。费大手只有一求，就是要栗虚谷用手作画一幅。栗虚谷知费大手身世就答应下来。香墨砚好，宣纸铺平，栗虚谷右手放入墨中，浸透了，抬起手，五指叉开，指掌并用，在雪白的纸上纵横回旋。如是反复数次，只见雪白的宣纸上黑白一片。费大手和众匪正在纳闷，却见栗虚谷五指醮墨，在纸上不停地点点画画。栗虚谷直腰洗手时，众人才见"湖心亭赏雪图"展在面前：远处，烟云飘浮，霏霏霭霭，雾气迷蒙，"天与云与山与水上下一白，湖上影子，惟长堤一痕，湖心亭一点"，墨迹三两而已；近瞅，亭上两人铺毡对坐，谈兴正浓，一童子鼓腮吹火烧酒，炉沸汽升……这天夜里，栗虚谷被送到家中，院内放白银千两。据说，费大手从此离了匪道，云游四方。

栗虚谷五十岁这年的春天，他正在玉皇庙街的家中品茶看书，一官差进门："栗先生，御使大人明天即到药都，知府大人请你做好准备，明日御使大人要看你的手指画！"栗虚谷望了一眼官差："我要不去呢？""你能给土匪费大手画画，为何不能给御使作画？不去就以通匪办你！"栗虚谷起身，哈哈大笑。

当夜，栗虚谷销声匿迹。

雷茂林

咸丰年间，药都人张乐行竖起了捻军大旗，一时间，药都城东青壮"十人七在捻"。城东雷寨的雷彦因作战勇猛被尊为大花旗旗主。捻军与清兵在淮北大地拉锯式地你来我走、你走我来，雷彦一支留守药都地面，与清军大将僧格林沁重兵三五天就有一次交锋。

单说雷彦。雷彦虽没有僧格林沁一样专门读过兵书，但人称小诸葛，一连三年僧三十万清兵不能败其五万捻军，屡被清廷斥责。同治元年，雷彦夜出奇兵去河南打粮。僧格林沁得到密报，夜袭雷部老营，擒得雷彦妻小作为人质，其中就有雷彦唯一的儿子雷茂林，这一年雷茂林年仅五岁。雷彦就这样接受招安，率众投了僧格林沁。其后，雷彦受僧命血刃捻军黄边旗旗主吴老双和小花旗旗主李传珠。

同治三年，雷彦又举起"剿捻平乱"大旗，率兵攻打捻军据点雉河集，兵败自尽。其时，七岁的雷茂林并不为雷彦之死

我们同心杀贼这
是剐勿须多言

雷茂林看了一眼

周肇钧说：『我们同心

杀贼，是杀是剐勿须多

言！』姜老过看了一眼

左右的卫士，大声说：

『他身为我的嫡亲，绝不

会杀我，定是受了他人

妖言！』

而悲，父亲雷彦出殡那天他竟击瓦盆大笑不止，众人异而不解。不久，雷茂林便与其母来到药都城柳湖书院读书。

雷茂林二十岁的时候，又为清平世道了。但雷茂林并没有去进举，而是与同学周肇钧投了时任毅军首领的姜老过。姜随雷茂林的父亲雷彦投僧格林沁后，此时已为毅军首领，叙起来雷茂林与姜老过是亲表兄关系，雷投姜本属正常，自然也会得到重用的。姜老过虽为武夫但心计颇多，不知是出于何因，他让雷茂林先入毅军随营学堂。一直到第五年，才任其为毅军中路左营书记。而周也已由哨官升为帮带。宣统二年，雷茂林与周肇钧同时参加了革命党。从这一天起，雷茂林就接受了刺杀姜老过、夺取毅军军权、响应起义的密令。

姜从军几十年，且又为毅军头人，自然非一般人物。雷茂林虽为其表兄也难以寻到下手之机。况军中风传姜自有一套防卫措施，先后有几十起行刺均没有得手，雷茂林甚是作难。即但如此，雷茂林作为姜的表兄，接近姜并不是难事。

这一天雷茂林刚从药都老家回来，午饭后，姜便把他叫到室内，姜问了他一些老家药都的事后，就独卧帐中睡了。雷茂林眼见时机到了，就回房取枪并与周肇钧一道，以送药都特产为由再次来到姜室。此时，姜正鼾声如雷地睡在帐中，室内外均无他人，雷茂林便从怀里掏枪……刹那间，姜老锅翻身坐起，雷茂林正要开枪，突地从靠墙两边的两个大木橱内窜出四个人来，雷和周当场被擒。

　　这时，姜老过从帐内慢慢地下来，走到雷茂林的跟前，伸手就是一耳光："傻子！他让你来，你就来了！我们是表兄弟呀。"接着，又指着周肇钧，"你为何坏我表兄弟关系，让他来刺我？"

　　雷茂林呸地吐了姜老过一脸："你甘为清廷的鹰犬，诱杀沃王，你知道你头上的顶子是多少捻子的鲜血吗！我杀你心愿早矣！"姜老过突然朗声大笑，笑毕，忽地换了一张黑脸，道："你是受了那些革命党的妖言了。是不是他的指使？"雷茂林看了一眼周肇钧说："我们同心杀贼，是杀是剐无须多言！"姜老过看了一眼左右的卫士，大声说："他身为我的嫡亲，绝不会杀我，定是受了他人妖言！把他关起来清醒清醒。同案推出去斩了！"说罢，拂袖而去。

　　周肇钧随即被斩。当天，雷茂林于屋内自戕。

　　这一天，正是宣统二年九月初九。

周
大
秀
才

周大秀才，西河滩辘辘湾一老秀才也，咋说是老秀才呢，他十二岁上就中了秀才，到了四十多岁还是个秀才，三十多年竟没有中举，自己也断了中举的念头。但西河滩的市面养人，活在西河滩就有你一口饭吃。手艺人靠自己的手吃，力气人靠肩上的力气吃，买卖人靠自己的辛苦吃，书寓里的姑娘靠娘胎里带给她的脸蛋和身段吃……

家境不好的周大秀才靠啥吃？他就靠他十二岁就中了秀才这一名号和那张江湖嘴吃，西河滩都认他的账，这地界上的事没有他摆不平的，日日吃香的顿顿喝辣的就是他的日月。

这些日子，周大秀才心里一直不顺，疙疙瘩瘩总有些堵得慌。原来，位于白布大街东边的一大处房子被人买了，竟没让他在约上签字。他每天看到那处房子在叮叮咚咚地装修时，心里有时也在自责：也许是咱的气量小了，量这字号生意开张那天少不了咱！又几日，听说东家是位极人臣的李鸿章之子，心里就有些打鼓，但他仍很自信，不信他的手下人来药都经营，打听不到我的名号。心里虽这样想，可在白布大街走动得越来越勤了，但东家并没有跟他搭过一句话。明天就要开业了，今天仍没接到帖子。周大秀才心里像吞了一把针，在辘辘湾自家的小院里来回走了一夜，天亮了才进屋，一进去竟是十天没有出门半步。

周大秀才虽睡在家里，街面上的事他却知道得瓜清水白。想着街面上大张筵席，遍请士绅和官员的排场，周大秀才终于明白了：他是只重士绅官府，不招咱平民玩呀！这不是我周大秀才一人的耻辱，而是咱药都平民的难堪，不扳回这个面子，我周大秀才何以在药都这地界上走动。

第十天一早，周大秀才从驴市街牵着一头灰驴向白布大街走来。到了包金的"仁和"字号门前，看着那气派十足的"当"字，周大秀才无声地笑了：真不愧位高势大，不买我周爷的账，别说你这是药都三千年来第一家当铺，就是个馍店你也休想做出热馍来。

仁和当铺的领事听到咚咚地打门声，忙让伙计开了大门。只见门前站着一头灰驴，再一细看，驴的旁边立着一个皮黄肉干、脸窄脖子长、头不过驴头高的一"纸扎人儿"，便眼睛向上，不屑地低语："大清早，嘛事？"周大秀才大声道："当驴！"胖领事抬手一指柜台里面的玻璃匾说："本店不收张口货！"说罢扭身而去。周大秀才朝玻璃匾旁边的黑红棍（此为清朝官商的做派，意为一半是买卖一半是衙门）一瞅，暗暗地笑了。笑毕，照驴的屁股上猛地一拍，灰驴仰头长叫，嗒嗒嗒地向驴市街小跑而去。

第二天，还是这个时辰，前面两个壮小伙子抬着一尊泥菩萨，周大秀才背剪着双手跟在后面，威风凛凛地向仁和当铺走来。胖领事一抬头，见还是昨天那个"纸扎人儿"，便又不屑地低语："大清早，嘛事？"周大秀才大声道："当菩萨！"胖领事又抬手一指柜台里面的玻璃匾说："本店不收死物！"说罢扭身而去。周大秀才手一挥，两个小伙子抬着菩萨向城隍庙而去。

第三天，正午。只见周大秀才一个人溜溜达达向白布大街这边走来。一街两巷的人见是周大秀才，都自动闪开一条长长的人道，人道的尽头正是仁和当铺。周大秀才踱到当铺的大柜台前，从怀里掏出一个雪白的布袋，举上柜台："值多少钱？"柜台后面的伙计一解开袋子，一个金色的活物，忽地蹿出，从柜台上跳下，箭一般向街上跑去，阳光下四射着耀眼的金光！

门外众人的惊诧之中，周大秀才高声道："此乃我祖传的一只金鼠，你们故意放走，作何赔偿！你看这袋上还有金粉呢！"说着，周大秀才翻开袋子递给从后面出来的胖领事。胖领事接过袋子，身子一颤，正要开口，周大秀才已向着街上的众人说："三日之内，我在辘辘湾家里等你，如若不然官府相见！你再打听打听，我周大秀才在药都这地界可改过口没有！"说罢，扭身出了当铺，街上再一次闪开一条长长的人道。

　　当天晚上，一闻香酒楼张灯结彩，药都的士绅、官府的头面人物以及读过书的知名人士，齐齐地坐了十桌，周大秀才坐在最前面的那桌上首。一闻香酒楼下的药都人，见胖领事一边赔着小心给周大秀才扯着清灰长衫的后襟，一边扶着右手走出来的势子，便知道此事就此了了。不久，周大秀才受天津一人物之邀，到天津卫游玩去了。此一去就是一年。一年内，仁和当铺却把"当"字改为"质"了。一字之差，其意大变：质乃周郑交质之意，是以物作抵押借钱，照质章按月付息，以十二月为满，满期后再留三月，过期不赎，听凭变卖；如霉变、损伤等，各听天命；来路不明之物，更与质铺无关。

　　周大秀才回到药都，见仁和当铺改了章程，便来到黑色的大柜台前。胖领事慌忙跑出，要请周大秀才里面用茶。周大秀才，瘦手一挥，说："不必了，明儿把质字改了！欺我药都人手紧心实咋的！"说罢扭身而去。第二天，仁和大门上又变成了"当"字。

鄂少爷

　　光绪年间，鄂家在药都是数得上的几个富家之一。鄂大掌柜以做口外药材而暴富，但娶了四房，却只生下鄂少爷一个男孩。鄂少爷自然就成了鄂家的十几口人的心头肉。

　　这样一来，鄂少爷就活得精细。吃穿住行，无所不精其极。但鄂少爷并非像城内其他家公子哥，不学诗书，飞扬跋扈。他不仅读书刻苦，而且对下人极其宽容。他对书童曾瑞最为平易，两人兄弟般地处着。曾瑞十六岁那年，鄂少爷突然对他说："你伴我这些年了，总不能老跟着我，这些银子你拿着，去学个手艺吧。"曾瑞感激涕零，流着泪离开了鄂家大院。

　　离开鄂家后，曾瑞就随着表哥去京城学厨师了。要做一个手艺精到的厨子不易，有人做了一辈子都做不出一道精菜来。可曾瑞不是笨人，进京城第五年就被一家王爷选中了。这家王爷最爱吃鱼，可做鱼正是曾瑞的绝活。曾瑞能做的鱼有鱼丸、鱼羹、鱼粥、干蒸鱼、豆瓣鲜鱼、酥小鲫鱼、白蹦鱼丁、独鱼

鄞少爷笑：人呀
粗活百岁又有何用

『啊！』曾瑞惊叫了
一声，『老爷还是活得这
般精细呀！』鄞少爷笑
笑：『人呀，粗活百岁
又有何用！』

腐、醋椒鱼、锅塌鱼、五柳活鱼、挣蹦鲤鱼……七十二道。有这般手艺,自然过得很好。进京城第十年,与这家王爷的一个丫环成了亲,生了子,也其乐融融。

一晃间,四十多年过去了。人都说叶落要归根,药都人乡土观念更浓。这年腊月,曾瑞带着家人回到了药都城。让曾瑞万万没想到的是,此时的药都城已非七年前他回来时的模样,房屋倒塌,城门被烧,城内血腥飘忽。原来土匪孙殿英十二月打进城里,放火抢劫杀人逼钱十八个昼夜。城内富商几乎全被洗掠一空,家人被杀自杀所剩无几。曾瑞首先去大有街鄢家大院找到鄢少爷。此时的鄢家大院只有六间完整的房子,鄢少爷正一身光鲜地坐在天井的红木椅上。鄢家有十四人被杀或自杀,只剩鄢少爷一人了。

曾瑞在北关永和街买了一处房子,安顿下来后,就着手准备,他要亲自为鄢少爷做两道好菜,一是为他压惊,再是表达藏在心中四十多年的情分。他要为鄢少爷做两道从宫中传出的"扒羊肉"和"八仙锅"。

这天,天还没亮,曾瑞夫妇就忙了起来。他做的第一道菜是"扒羊肉":先将整块羊肉洗净放入锅中,加水、葱段、姜片、花椒,小火慢炖,将汤耗尽后再加入酒和酱油,炖至汁尽肉熟。然后把炖好的肉出锅,切成一指厚的小条,一片一片整齐地放入大碗里,再将酱油、葱花、姜末、花椒、白糖、酒和少量鸡汤兑成的汁均匀地洒在肉条上,上笼蒸至肉酥烂为止,出笼时滴入麻油而成。

第二道菜"八仙锅"更为讲究：把土鸡宰杀后，去毛、内脏，洗净，放入大锅中，加水、盐、花椒、菱角、黄酒等炖两个时辰；鸭子宰杀去毛、去内脏，洗净，加水、葱、菱角蒸三个时辰直到烂熟；海参每条切四块，鱼翅收拾干净，火腿切成半指粗、四指长的条，鸽子蛋煮熟后剥去壳，白菜切成三指见宽的块；锅中倒入猪油，油热之后倒入海米、葱、鲜姜末、白菜块，用鸡汤煮，到烂熟时方才出锅；然后把白菜放入八仙锅锅底，鸽子蛋放在后面，海参条放在前面，两边放上火腿和鱼翅，中间摆站鸭子，旁边放鸡，倒入鸡汤，将锅上蒸笼，蒸上一个时辰，这道菜方可上桌。

曾瑞把两道菜端到桌上，再加两盘什锦素果，正好两荤两素，四菜一汤。酆少爷坐在椅上，端起一杯玉泉春呷了一小口，并不动筷。曾瑞夫妇请他品尝扒羊肉，他却挟了一片荔枝，请他尝八仙锅，他却挟了一片苹果。一顿饭酆少爷只吃了几片苹果，喝了三杯酒。曾瑞夫妇不便再劝，只好作罢。酒菜撤下，曾瑞不解地说："老爷，我知道你心情不好，可您也得尝尝呀！"酆少爷摇头不语。曾瑞再劝，酆少爷只得说："我是闻不得菜中的烟味，你这两道菜不是用炭火做的！""啊！"曾瑞惊叫了一声，"老爷还是活得这般精细呀！"酆少爷笑笑："人呀，粗活百岁又有何用！"

酆少爷回到酆家大院后，便不再进食。第六天，他告诉曾瑞：西厢房东北角地砖下埋有白银四万两。第七天夜里，酆少爷便微眯着眼，去世了。

李吉三

民国十四年春，土匪孙殿英祸亳，药都的商号货栈元气大伤，而和义厚药栈却只伤皮毛。原来，大掌柜李吉三在孙匪到来的前十天，倾其所有资金从祁州买了盘西贝四百箱，发至上海，药栈内几乎是钱货皆空。

药都毕竟是千年的商都，下水沟里都能淘出白花花的银子来，商号货栈们，自然很快就又恢复了起来。第二年春天的药都，也格外的水灵，细雨隔三岔五地下一场又一场，城中的河、花、树、人、狗、商号、店铺，就比往年扎眼地活泛。和义厚更是春风得意，去年发到上海的盘西贝，今春正赶上了俏市，所赚令药界人士刮目叹奇。

可春花尚未开尽，和义厚却出了家乱，李吉三之弟李祥三也要做大掌柜。李吉三知道，家里一旦出了这事，生意就断难再做好。三天之后，他便把家资一分三份，给李祥三两份，同时把和义厚的字号与门面让给了李祥三，自己只在后院另立了李记药号，重打锣鼓新开张。

李吉三新开张的李记药号，由于资金有限，开始只经营白芍与菊花。药都的白芍与菊花在全国质量第一，这是李时珍《本草纲目》上给的定论。上千家商号几乎都在经营这两种药材，专营的栈号也不下百家。但李吉三的李记药号，专营两药却另有不同。他的白芍与菊花的另一个特点是包顶包底一个样，绝无质量不一的现象。讲求质量永远是商家的根本，一年以后，李记药号的白芍与菊花被上海胡庆余药店定为专供，无论发去多少货都高价收下，且入库时从不开箱验货。

做买卖最讲个字号。信誉日盛的李记药号，资金也越来越多，李吉三开始扩大经营范围，不仅做药材，就连牛羊皮、金针菜、核桃、六陈杂粮他都做，但所买所卖均为药都特产。很快，李吉三又为药都商号所瞩目。

市面大了，能人自然不少，乾泰昌药号的陈克让就是以专营地产桑白皮发家，几年内便成药都国药界的新锐。民国二十二年秋，乾泰昌收购桑白皮，拟发往上海。上海胡庆余发给李吉三的药价帖子正好到了，李吉三一面在药都城加价收购桑白皮，一面暗中派人四下乡村坐庄收购。边收购，边打包，边发运，在上海开了头盘。这一年，上海的桑白皮本来百斤十八两银子，而李吉三头盘只放到百斤十二两，三天后又降到八两，并扬言大批成货不日即到，上海的桑白皮价格便一落再落。而此时，乾泰昌的八十万斤桑白皮正好运抵上海，面对的正是百斤五两银子都有价无市的惨局。

乾泰昌的货运抵上海的第十天子夜，经理陈克让酒后就要跳黄浦江自尽，正在紧要时，李吉三到了他的跟前："陈掌柜，俗话说，生意场上一口红糖一口鸡屎，还可东山再起嘛。看在同仁的份上，兄弟将以百斤五两的实价解你所难，如何？"陈克让气恼万分，此时他才明白，当初李吉三劝他出任国药会会长，是分散他的精力，动员他买下东泰兴的房产，是削弱他的财力！恨归恨，但出口的却是另一番话语："李掌柜，大仁大义救陈某于危难之中，陈族永世不忘，请受我三拜！"李吉三盘了陈克让货的半年后，桑白皮又长到百斤十五两银子。这钱，李吉三不赚那才叫怪呢！

俗语说，天外有天，人外有人。李吉三虽是药都商界公认的人尖儿了，可他却发现了另外一个能人，此人便是常给他运货的祥康运输公司经理周瑞五。李吉三通过多年观察，觉得周瑞五精明厚道，年富力强，又精通储运，便决定与周合作。一次，两次，周均未答应，李吉三第三次去请周时，周终于含泪答应了。原来，李吉三开了这样一个盘：周以人入股，李以全部资金入股，组成瑞吉药号，由周出任经理，分成周六李四！

人心都是肉长的。李吉三这般看重周瑞五，周瑞五自然殚精竭虑，使出浑身解数。民国二十六年，瑞吉药号终以实力与信誉称雄药都。后日本人炸毁瑞吉药号在上海的库房，瑞吉元气大伤，后又重振的故事，只能留作以后再讲了。

薛公仪

当今药都已为全国牡丹四大栽培基地。每到牡丹开花之时，就有"药都城外牡丹花，十里五里生朝霞，花前花后皆人家"之誉。不仅如此，药都之所以为全国四大药都之首，与牡丹根皮入药世界闻名有很大关系。这牡丹来自万历年间的同乡大画家薛公仪，而现在的药都人，知道此事的不多。

薛家乃药都望门，薛公仪祖父薛蕙、父亲薛两泉同为一朝进士。祖父薛蕙看不惯朝政愤而归田后，在药都城南精心营造了一座常乐园，其父薛两泉后来又在常乐园之肘腋造了南园。园内文石玲珑森然，竹篱茅舍稀树临流，园中广植耗费心血访来的牡丹名品，每值春暮开放，表里灿若蜀锦，微风过来清香断续，引园外行人驻足。

薛公仪出身书香门第，生活于牡丹园中，从小就博览群书诗画俱佳，尤以画牡丹为能。他虽无心功名，仍由例贡步入仕途，后官至鸿胪寺少卿。公仪人品才学受世人所道，可他仍无意仕途，英年挂冠，退隐药都。无官一身轻的公仪并没有成为闲人，也绝不可能成为闲人，他心中满满地装着两样东西：牡丹和诗书。

日复一日，年复一年，公仪的牡丹园中已植各色牡丹数万株，所有极品均聚于一园，多达二百七十六种。一时间全国牡丹以药都为最，有人诗云：牡丹时节斗繁荣，十亩香几送客车；不分洛阳称国色，最是药都有花名。

木秀于林风必摧之，枪打出头鸟，自古无论文人还是村夫均有这一说。公仪终于没有躲过这一横祸，万历皇帝知道药都牡丹称全国之最，心里就不舒服了，又一听是不愿做朝官的人侍弄的，越想越觉得这是故意跟自己过不去，一声令下把药都的牡丹带土三尺全部弄到皇城，薛公仪充军云南，永不得回药都生活。书生公仪自然难逃一死，空留药都人等几十年嗟叹：薛公走矣，国之牡丹从此衰矣，药都更是休矣！

万历皇帝驾崩的第十年，薛公仪后人着实让药都人等惊喜万分：薛公留有《药都牡丹史》四卷！薛公以其绘画的天才，将药都二百七十六种牡丹，描摹状色工摩肖写，云蒸霞蔚，引人入胜，若汉宫粉黛三千按图可索。每一展阅，不绘而色态宛然，不圃而品伦错植，虽赤暑玄霜亦香气袭人。更令药都人感动的是，薛公把所有品种牡丹的颜色、形状、栽植、管理详尽记述。又几十年过去了，药都牡丹再次扬名全国，至今仍为全国四大牡丹栽培基地之一。

难怪人们捐资修建、翻建的五层"薛塔"，虽经风雨数百年却依然屹立于药都。

戚少蓝

戚少蓝住在大牛市街上，不是富贵人家但也不算穷苦。其祖上曾是富称药都的药商，到他这一辈，虽然没有多少家产，但他常到江浙一带去卖药买药，日子过得还算富足。

药都人都说钱赚熟家，其实就是做生意要靠老客户。戚少蓝所做的江浙商家多是其祖上留下来的老客户，都是几代人的交道了，生意自然好做。更重要的缘由是，那里的古田山上出相思鸟，而戚少蓝最爱这鸟。古田山在钱塘江上游的开化县境内，山峰环抱，溪涧纵横，绿林密布，是相思鸟生息繁衍的一大胜地。

古田山的相思鸟最为痴情，雌雄成对栖息飞行，若其一鸟死亡，另一只必死。因而也最好捉，你只要捉到一只，另一只定会落在这只鸟的旁边，有时跟着捉鸟人，直至你发现它，让它与另一只鸟同处为止。这里的相思鸟体长约四寸半，嘴多鲜红色，羽毛艳丽，雌雄相近，背腰为橄榄绿色，两翼有红、黄翼斑，喉部鲜黄色，脸前橙锈色，腹下乳黄，尾羽黑色，尾端分叉。雄鸟鸣声委婉，能转八音，如奏管弦，胜似画眉。戚少蓝每得此鸟，均喜不自禁，但也常把它们送给朋友。一是古田山相思鸟外观最为美丽可爱，更因此鸟温柔重情，雌雄成双作对，形影不离，情真意贞，是婚庆寿宴时赠送的佳品。

戚少蓝每年一入秋就要去古田山，一直到初冬才回。这一段是捉相思鸟的黄金季节。在这方面，戚少蓝最为精通，他熟知鸟路和地形，或张网捕捉或活动诱捕，每天都能捉到十多对上等的相思鸟。

戚少蓝对鸟笼子也最讲究，每年暑天不出去送药买药时，就自个儿编。编笼子的竹子很有讲究，要选那种节稀、色翠、肉厚坚韧的山竹。选好料了，还要锯料、制篾、原水处理、防蛀防霉处理、漂洗、染色、烤烙、编织、镶嵌、油漆多道工序。要编几个笼子是十分费功的，加上还要给鸟儿逮虫子，喂食，教说话，从外地回来后也是忙忙碌碌的，很少有闲下的时候。

戚少蓝被药都人称为鸟痴。他一年四季有一半时间在江浙一带做生意，在家的时间又迷于相思鸟，与妻子左氏相处的时候就少了。妻子妩媚风流，日子久了，就与街坊刘掌柜暗通起来。戚少蓝并不知觉，却与相思鸟一样对妻子恩爱缠绵。但男女私通这事就像河堤上的蚁穴，只要有了，迟早是要洪水滔天的。戚少蓝在家时，刘掌柜就嫌碍事，多次与左氏合谋，想杀了戚少蓝，但总没有机会。

　　这年初冬的一个晚上，戚少蓝从古田山归来，因捕得一对上品相思鸟，很是高兴，嚷嚷着让左氏给他做菜喝酒。左氏见机会来了，就在酒中下了砒霜。当夜，戚少蓝就死了。之后，刘掌柜与左氏将其尸埋在后院的树下。第二天，下了大雪，药都城茫茫一片白。

　　雪过天晴。左氏突然看见两只相思鸟，还蔫头耷脑地在堂前的笼子里。心想，你也走吧，就打开笼口，放了出去。谁知，第二天，知州就带着一班捕快来到了戚少蓝的门前。原来，天一亮，一对相思鸟就飞到了知府大堂，雌鸟站在知府肩上，雄鸟盘旋低鸣："左氏杀夫，左氏杀夫……"知府大人站起身来，雄鸟便在前缓飞，一直向大牛市街领来。左氏被带到大堂，三堂审过，如实招供。

　　此事传扬开来，有人说好啥死在啥上，有人说啥物件都通人性，你要好它，它就报你。此事在药都沸沸扬扬三四年。

短李

药都人一直称李绅为短李，是因为李绅生得短小精悍，叫起外号来更有一种偏爱之情。短李生于药都，其曾祖父李敬玄在唐高宗一朝为中书令。短李自幼学习刻苦，其诗以咏时事而名，其画以表当下农人之苦而受世人之誉，一个富家子弟能念想着农人之苦实属不易，不俗。

短李二十五岁从药都出发西游长安。以身世来看，他本可做公子哥一派，但他却以卖画为资。这一日，到了长安一壶春茶楼前，他展开一画，上有一丛牡丹，灿如蜀锦表里若生。刚一展开，就听一人吟诗不止："一丛深色花，十户中人赋。"原来吟诗之人正是大诗人白居易。短李站起，白居易自我介绍后又把身边站着的元稹介绍给他。白居易收起画后，同元稹两人拥着短李迈进了一壶春茶楼。自此，三人结为挚友，常在长安的酒楼茶肆谈诗论文不止，开中国文坛新乐府诗一派。

短李到长安第三年，与药都李氏旁族李逢吉一起擢进士第，从此步入仕途。一晃四十年过去了，第四十一年的夏天，短李终于有机会回到阔别已久的药都。十天之后浙东节度使李逢吉回朝奏事也回到药都。二人同为药都李氏，又同为一科进士，久别重逢，短李便盛情招待。酒毕，短李携李逢吉登上药都城东曹操留下的东观稼台。二人临风怀古心潮起伏，李逢吉感慨自己仕途不顺，遂吟："何得千里朝野路，累年迁任如登台。"短李听罢长时间无语，此时他的心境与李逢吉正好相反。

　　面对观稼台下挥汗如雨锄禾的农人，短李不禁吟道："锄禾日当午，汗滴禾下土。谁知盘中餐，粒粒皆辛苦。"李逢吉听罢，连声叫绝："好，好！好诗！一粥一饭当思来之不易！"短李仰天长叹一口气，接着又吟道："春种一粒粟，秋收万颗籽，四海无闲田，农夫犹饿死！"李逢吉先是一愣，继而赞道："贤弟所诗切中时弊，入木三分，难得，难得啊！"二人回到短李书房，李逢吉端起盖碗茶道："贤弟能否手书刚才二诗赠我，也不枉同游一场。"短李不以为然："区区小诗，三四十字，为兄听过自然记得，何必抄录。"此时，李逢吉已把绢纸伸开，短李看着他笑了一笑，也就提笔蘸墨写将起来。两首录完，短李一时性起，沉吟片刻又挥笔写下："垄上扶犁儿，手种腹长饥。窗下织梭女，手织身无衣。"李逢吉见诗心中暗喜，如获至宝地收将起来。第二天便笑辞短李起程赴京。

　　李逢吉到了京城，就把短李之诗呈与皇上，并告短李在药都写反诗，辱骂圣朝。皇上读罢三诗遂宣短李星夜进京。短李到了京城，皇上拿出绢纸交给跪在下面的短李，问道："这是你写的吗？"短李接过绢纸，叩头回话："这是微臣回乡时见民生疾苦，即情写下的，望陛下明察！"皇上让短李仰起面来，两眼瞅着短李，沉吟片刻，道："久居高堂忘却民情，朕之过也，亏卿提醒。朕封你尚书右仆射，以便共商朝事，治国安民！"短李愣了，忙叩头谢封。退朝之时，皇上又道："多亏李逢吉举荐啊。"短李为表对李逢吉之感激，亲自登门向李逢吉致谢。可刚到李府门前，就见李逢吉被官军押着，大门也被盖了黄印的封条封了。

短李因祸得福李逢吉因谗获罪，这是药都人按自己的想法传下来的美好愿望而已。其实，短李从此获罪，被贬回药都。短李回药都后不能再作诗，只好终日画牡丹打发日子。要不然，现在药都李氏后人哪能存下短李的真迹牡丹三幅呢。

文
夫
人

雍正元年兴建的柳湖书院，位于药都城东南隅。

书院依城而建，奎星楼耸其北，文昌阁峙其南，前临城濠，地势低洼，积雨成潦，长年水光淡沱，映带清流。春夏之时，细柳交柔，绿荫四覆，倚栏临风，塔影戏柳，烟柳一色。药都官宦富商之士子，负笈而来，朝夕咏诵，四时不辍。

这一晚，雨霁月明，澄潭远映，参差楼阁，倒醮波间。冼月桥上，已十九岁的文选却青眉紧锁，懊恼万般。文选十二岁考中秀才后，虽愈加发奋，但两次乡试均名落孙山。眼见乡试入秋又到，可心中无端生慌，令他寝卧难安。文选住在城北门书铺街，祖上是徽州做纸砚生意来药都的，单根独苗的父亲在文选三岁那年暴死，母亲办完丧事后，"文星纸砚店"也就关了门，母子俩只靠并不多的存钱活命。

按说，文选是进不了柳湖书院读书的，但他母亲文夫人是个要强的人，五岁时就托人把文选送进了柳湖书院。好在母亲文夫人从丈夫那里学会了制砚的技术，终日刻砚不止。她所制石砚，全由对面"昌和笔墨店"的老板周济人包销。周济人药都人，原是文选父亲生意上的朋友，又是面对面的一店，自然就对文选母子俩照顾有加。但事情就出现在周济人身上，他虽然大文选的父亲十岁，不知什么原因，却一直未婚。一个单身的男人去接济孤儿寡母，这不生闲话才怪呢。一天天大了的文选终于听到了一些流言蜚语。不知从什么时候，他心里就生出了一丛草，一天天在长，一天天地不舒服。虽然他从没见过周济人对母亲有过什么不轨之举，虽然他也知道周济人为自己在柳湖书院读书花了不少钱，但这些草还是在他心底不断地长着。

一缕风从湖面上吹来，文选心里的那丛草便簌簌晃动起来。他下了洗月桥，出书院门，便匆匆地向书铺街他的家走去。他推开沿街的门，立时僵在了门外，周济人正在屋里打磨着石砚。周济人和他的母亲一齐站了起来，母亲张嘴正要说话，文选突然扭身而去。月光从门外扑进来，打在周济人和文夫人的身上，两个人就成了镀上银的石雕，凝固在了那里，一动不动。

这个晚上之后，文选再没有回来，一直到去参加乡试时都没进家门，是母亲把衣服和银两送到柳湖书院的。深秋的一天，喜报突然送到了书铺街文选的家里，文选高中嘉庆九年甲子科钦赐举人。而此时，文选仍在柳湖书院。第二年，春节刚过，文选就辞别了母亲，带着重重的银钱，赴京参加会试。这年春天，文选连过会试、殿试，中嘉庆十年乙丑科进士，赐翰林院编修。

　　中了进士的文选回药都并不张扬，他是在一个月华如洗的晚上走进书铺街家里的。第二天，他就来到对面的昌和笔墨店，把周济人请到自己家中。他亲自去得月楼叫了一桌子菜，亲自为周济人和母亲斟酒。周济人心里笑了，文选终于大了，知道了轻重。文夫人端起酒杯，笑从心底溢出："选儿，你终于大了，没有周老板就没有咱母子俩的今日了！"文选也显得十分的高兴，这高兴是从心底出来的，周济人和文夫人都真真切切地感觉到了。这一天，新中进士文选和周老板都醉了。

　　药都已经百年没出过进士了，听说文进士归故里，自然要庆贺一番。官商街邻，一拨又一拨地请贺不止。文选回药都第三十天清早，周济人却突然死去。这时，药都人突然没有了前些日的喜庆，给文选贺喜的事才淡了下来。周济人的丧事是他的另一个朋友给办的，当然新中进士文选也为之题写墓铭，这就让周济人的丧事与众不同了。出殡那天，北门三十条大街的商家几乎都有人去，且人人都眼圈红红的，丧事就显得比有儿有女的大户人家还要风光。

　　周济人死后四十天，文选母亲文夫人的四十生日就到了。但文夫人生日这天，药都来的人并不多，寿宴就稀稀拉拉地淡，这一点出乎进士文选所料。可谁也没想到的是，第三天，文夫人竟也死了！进士的母亲当然要停棺停得长些，按药都的规矩是要停棺七七四十九天的。这四十九天内，送钱送花圈送丧帐的人就没有断过。出殡那天一大早，书铺街周围的十几条大街上都挤满了送葬的人。这种万人空巷式的送葬，药都人可是从来没有听说过，更不要说见识过了。

母亲入土了，文选仍在药都，他是要守墓的。在药都，父母死了儿孙们至少是守"五七"的，五七三十五天。像文夫人这等身份，文进士是要守"十七"的，七十天。十七结束的第二天，京城的御使突然来到药都。原来，药都有人进京把文进士给告了，说他毒死了周济人和他的生母。后来，文进士就被押进京城，再也没有回来。

但每到清明，药都人都自动给文夫人的墓添土。后来，文夫人的墓竟成了高几十米的土山。这就是位于药都西北三里的文家大坟。

瞎
虎

瞎虎开始的名字叫魁明，一生下来是女相。有老话说：男长女相，洪福无量。穷了不知多少辈子的老张家，把一升谷子送到钱楼的私塾里，才得了这个充满希望的大号——魁明。

这个眼睛大大的魁明，五岁生日的那天早晨突然间什么都看不见了。儿毕竟是娘身上掉下的肉，爹在娘的嘟哝下给魁明买了一根箫、一只笛、一把二胡，让儿子寻点快乐。魁明也是争气，将老师的点播全记在心里，天天到村东头龙湾河套去拉去吹。村人并不在意，一个瞎子能闹出啥动静。十多年过去了，村人也不再叫他魁明了，而是叫他瞎虎。他虽是瞽人，但以耳代目，悟性特高。终有一天，他对父亲说我不吃闲饭了，要到外面谋生。父亲说一个看不见路的人在家待着吧。瞎虎却说他每每吹箫、吹笛、拉二胡之时能觉着头顶上有鸟儿在飞。母亲便苦笑着摸一下儿子的脸。

这年一入秋，瞎虎正在家中，忽听母亲惊叫，说是日本兵向这边来了。瞎虎说我到龙湾河套去躲躲吧，说着拎起他那根已磨明的箫向龙湾走去。不一会，日本兵到了村前。这时，马蹄声从龙湾河边隐约而来，继而声音由小渐大，杂沓相陈。忽闻号角嘹亮，马蹄声壮，其间夹杂着引颈长鸣的马嘶声和男人的吆喝声。日军急向河边扑来，到了水清见底的龙湾河岸，眼前只有一吹箫的瞎子，立时围了上来。这时，瞎虎光头一甩，箫声陡变，一时间百鸟齐鸣，日军队伍死一般安静。继而日本兵中，有人仰头向上瞅从远处飞来的群鸟，有人用手捕抓眼前的彩蝶。不知过了多少时间，日本兵才如梦初醒，叽里呱啦地向北边而去。日本兵去了之后，村人才向龙湾河这边涌来。人们不禁齐声呼喊：魁明——魁明——

兵荒马乱的年头，人都没有了往日的结实。三年后，魁明的父母便相继过世。魁明肩挎二胡，怀揣一箫一笛，离开了他相依相伴十七年的龙湾河。常言道，瞎子脚下路短。这一天，瞎虎终于跋山涉水到了苏州城外的一个村庄。由于头痛难忍，他便央求村人能否找个暖和的地方住上一夜。但人们都怕他有什么不素净，就推脱没地方。瞎虎长叹一声向村外走去。到村外一里多远的一块石头上坐了一会儿后，他倍感凄凉，就掏出怀中的长笛，吹起了《哭亲娘》一曲。笛声一响，送葬的情景就立即出现：有悲从中来女儿的号叫，有痛从心生儿子的抽泣，有出于应酬的远亲的假哭，有送葬乐队不喜不悲的敷衍之声，也有请人节哀的劝告呢喃……

这边村子里的人一时傻了，哪家这时辰发丧？一曲过后，瞎虎觉得不应这般悲伤，就换了一曲《南阳关》。丹田气一出，锣鼓弦子就响了起来，开戏锣鼓响了之后，黑头、小生、红脸、花旦依次出场，唱、念、对、白接连不断，一台戏有条不紊地唱开了。这时，村里的人不约而同地向这边涌来……第二天，瞎虎离村没有多久，就有一个脆脆的甜音叫了起来。年方二八的江南姑娘——红儿便与瞎虎结伴而行了。

瞎虎与红儿回到药都后，在乡下买了一个院子，专门为乡人的红白喜事吹吹箫笛，生活倒也快活了几年。这一年的腊月，药都城内的一个官家请他们年初一到家里吹箫助兴，此时红儿已有身孕，瞎虎一口回绝。除夕那天早上，四个扛大枪的人就来到了瞎虎的门口，无奈之中，瞎虎和大着肚子的红儿只得前去。大年初一早上，瞎虎拉起了二胡，拉到高潮处一弦断绝，但他并没有中断演奏，直至终曲，一如从前。

从此以后，药都人再没有见到瞎虎和红儿，更不用说听瞎虎吹箫弄笛拉二胡了。

金
贵

金贵在西河滩熟皮坑书棚，说书说到四十五岁时已是药都一绝了。虽脸若刀条，身如枯木，却双目流彩，有一眼压千人之能；虽面目黧黑，小口如女，说起书来却乐而欢、哀而怨、哭而惨、指而看、望而远、收而低、高而喧……金贵擅长说《三国》，每十日才至熟皮坑书棚说上一段，且这次收下次的钱，且少于二两银子不说。即便如此，说书十年书棚内没空过一人。金贵甚是得意，自号"中原铁嘴"。

这一天，金贵说完书刚出书棚，一老者堵住了他的去路，"金先生果为中原铁嘴，但我觉得此段不值二两银子，一两足矣！"金贵毕竟为江湖中人，知道来了高手，忙请老者去自己家中一叙，他挽着老者上了自己的包车，然后步行其后。到了宅院，老者落座之后便说："吾老矣，说了一辈子书，只留下几许遗憾。见你距佳境不远，特说与你，算我俩的缘分。"老者究竟给金贵说了什么，无人知晓，只是自此金贵有三年没进书棚。

三年后的正月初十，金贵再一次走进熟皮坑书棚。这一次说的是"空城计"，只听紫檀木一拍，惊心动魄的场面顿从他的小口而出：巍巍城楼高耸，双门吱呀呀洞开，一老者打着哈欠洒扫街道，孔明鹤氅纶巾携二童子缓步登城凭栏而坐，焚香操琴怡然自得；一会儿十五万魏军急奔城前，主将司马懿疑惑再三，遂转马回营仓皇退逃，军旗倒卷士卒欲降……一棚人屏息静坐，张着大口，歪着耳朵，瞪着双眼瞅着前台，泥塑一般……

到了六十岁上，金贵才收一徒。金贵并不像一般说书人收徒那样，他所收乃药都人氏，为晚清最后一榜举人闫道文，亦是金贵的铁杆书迷。正式入室之年，道文已四十有三。金贵并不教他说书技巧，而是要他用三年时间考全国风俗，辨各色人性情，广泛搜集素材，用千字言人之一举。金贵去世之后，闫道文才顶替师父走进熟皮坑书棚。

闫道文其技更是超绝：目之所视，手之所倚，足之所踞，言未发而哀乐已出其前……闫道文成为药都书棚一绝也是自然。他因不愿给日本翻译官说书而被割去舌头，则是其名过师父金贵的后话。

李一刀

药都最盛时当数康熙年间，全国百万药商汇聚于此，商栈会馆比肩接踵。同属西路的山西和陕西药商为了彰显富有，决定合修一座会馆：山陕会馆。

会馆动工之时就议定修一戏台，供闲时听戏所用。药都会馆几乎座座内设戏台，要想超人一筹就只有在戏台上装上精致的木雕。山陕商人定了这想法后就遍寻木雕艺人。这时药都人就推荐说城内爬子巷有一李姓老头，名叫李一刀。据说原是紫金城内的木雕师傅，三十年前因着一根龙须没有刻好被刺瞎了右眼回到药都，究竟是真是假，手艺如何谁都没有见过，全是传说。

山陕商人找到李一刀，说明来意时，第一次李一刀把他们哄了出去，第二次再请时李一刀把他们骂了出来，第三次会馆当家人在他门前跪了半天后，李一刀才开口说："让我刻刻木头可以，钱你能拿得起吗？""李老放心，只要你能说出价，

我要先磨磨刀三十多年没动过了时且代代为李刀造像

众人惊诧之时，他又开口说："我先磨磨刀，三十多年没动过了。"给我抬来四张方桌。四张桌子抬来，李一刀眯着一只眼，把大小刀具整整摆满了四张桌子。

我们山陕商人就能拿得出来！"李一刀眯着左眼一字一句地说：
"我的眼神不好，要价高点儿啊，就用木渣兑金银吧。粗活剔
下的一两木渣给一两银子，细活刻下的一两木渣给一两金子！"
会馆的当家人倒抽了一口冷气，说："此事非同小可，容我回
去商量商量，明日再来。"第二天，会馆当家人把李一刀请到
了会馆的工地，一顶轿子抬着李一刀，另一顶轿子抬着他的一
个大木盒子。

　　刀刻下的木渣竟要同等重量的金银，这活一定是细活。李
一刀来到会馆就要了刚漫好地的三间大殿。众人惊诧之时，他
又开口说："我先磨磨刀，三十多年没动过了。给我抬来四张
方桌。"四张桌子抬来，李一刀眯着一只眼，把大小刀具整整
摆满了四张桌子。第二天，李一刀就开始磨刀，这一磨就磨了
一百天。刀磨好这天，四根上等的山杨也正好运到了会馆。于
是，李一刀把自己关在了屋里，吃饭有人送上，屎尿有人端出，
只是在有月亮的晚上偶尔出来走上几步。寒暑易往，一住就是
四年。

　　完工这天，整个会馆的工程全都完了，就只剩戏楼上的木
雕了。李一刀把会馆的当家人叫了过来："叫人称称这两堆木
渣吧。"两堆木渣一粗一细。一称，粗的一千斤，细的五百斤。
称过之后，众人你瞅我我瞧你，大气不喘一声。李一刀眯起左
眼，笑了："不兑现了？抬金银来！"众人都拿眼瞪着李一刀。
会馆当家人，大喝一声："还不快去！"一会儿，金银抬了过来。

大秤一称，金银各分一堆。李一刀哈哈大笑："把这四根杨木抬出去，用锤子砸了！"众人更是不解，这哪有什么木雕，仅是四根被挖了缝的木头呀！

四个光着背的汉子抬了根山杨，出了殿门，往地上猛地一放，咔嚓一声响，山杨四裂，九十块木片四散了一地，细一瞧，一块木板就是一出戏呀！四根山杨全开了之后，三百六十出，戏文全摊在了地上，三国戏全部刻了下来。九九八百一十个人物，外加山石树木、殿宇亭榭、瑶花异草、风雨雷电、飞瀑流泉、峰峦城楼、日月交辉、文臣武将、战马旌旗……全场静得只有心跳的声音。会馆当家人弯腰捧起一块木板，正是"祢衡斥曹"一出戏：只见祢衡于酒宴间裸衣击鼓，痛斥曹操；上坐七人，闻之有怔、佩、惧、惊、怒、快、乐，无不形如真人；再细看，高台、桌、椅、香案、烛光、屏风、屏风上的花鸟、花上的细云，整整十层透雕……

人们见会馆的当家人拿起一块木板细瞅，都弯腰捧起一块，细瞅起来。会馆内万物皆停，只有赞叹之声。李一刀轻咳一声："还有一块长板没有砸开呢。"会馆当家人如梦初醒，向下一瞅，果真有块六尺长的木板。蹲下来，两手拿起，轻轻地在地上一碰，木板分为两块摆在地上。再一瞧，见是一副对联：上联"人有意意有念念有欲欲有贪贪得无限"，下联"道生一一生二二生三三生万万象皆空"。

会馆当家人蹲在那里一动不动。

　　当他再站起的时候，坐在门前椅子上的李一刀已不知去向，大殿里金子和银子闪着反射过来的太阳光，照在他的脸上。

　　现在，这副对联仍镶在会馆的正门两旁。而且，现在你到这个被称作"花戏楼"的山陕会馆戏楼前，太阳正南的时候，仍有两道金光和银光照在你的脸上。

梁闻山

闻山生于药都一贫民之家，五岁之前，他夏天撒尿和泥玩，冬天流着鼻涕掏麻雀窝，与村上穷人家的孩子并无两样。闻山五岁这年的冬天特别冷，但在穷人家孩子的感觉里就没有那么冷了，天不亮，他就跟挑着木柴的父亲上了去药都柳湖书院的冰雪路。

药都城里人的年节总是比乡下人来得早些，才入腊月没几天，柳湖书院的塾师就在红方桌上写春联了。塾师笔下那一横一竖一撇一捺一点一提，像钩子一样勾着小闻山的眼睛。

塾师偶一转身，见闻山这般专注，就问："你识得字？"小闻山摇摇头。塾师停了手中的笔，说："不认识，这字有什么好看的？"闻山并无半点怯生："爹说字是神呢，我看你笔下的那字，一个个都在那里动着飞着，好看呢。"塾师心里一热，就说："我教你几个字，给你几张纸，回去练练吧。明年腊月拿来我看看。"

第二年的腊八，闻山又一次与担了柴的父亲进了柳湖书院。这一次，闻山却有点儿怯了，他还没伸开纸，父亲就说："这小子画虎不成反像狗，你瞅他这字写得跟一丛干竹一样，抻锄把子的手啊！"塾师没有作声，向闻山手中的纸上一瞥，见有几个字因着笔划太多，东一划，西一笔，因是拿笔不稳，倒真有点像丛扎眼的竹子。他从太师椅上起来，接过闻山手中的纸定定地瞅了起来。闻山父子就傻傻地站着，父亲不停地搓着手不敢言语。

半个时辰后，塾师突然自言自语道："字画，字画，字画乃本一家啊。这孩子出手不凡，恐能成大器呢。"闻山父子你瞅瞅我我瞅瞅你，然后一齐向塾师瞅去，更不敢言语了。塾师就上前一步，手抚着闻山的头说："留下来做学童吧，一边帮书院干点杂活，一边练练字，这孩子做田可惜了。"小闻山就这样留在了柳湖书院。

一晃十年，闻山临遍藏于柳湖书院"墨香楼"的上百册名家碑帖。虽字体已成，但在曹魏故里的药都城，不能令书林所侧目就不足为奇了。塾师转眼间也已七旬了，老前的第三天，他对跪在床头的闻山高高低低地说："各碑帖虽别具一格，总也均有师承，字要出神入化，不仅要学其外形，更应学其神韵，其韵应向字外取。我看你最好暂停习字，去画竹，画它十年，竹子的飘逸风度就会现于字中了……"

又一个十年过去了，闻山辞别柳湖书院，第三次进南京城去参加乡试。乡试过后，他便与众秀才一样住了下来。他在悦

闻山痛苦至极，提笔在客房的墙上写了『落魄悦来客栈药都闻山』。

来客栈住了一个半月，这天发榜，却仍不见有报子找他，就知又落了榜。可自己已欠客栈半个月的房钱了，怎么是好？来催钱的店小二走后，闻山痛苦至极，提笔在客房的墙上写了"落魄悦来客栈药都闻山"。第二天一早，老板就亲自来到闻山住的客房，他并不看闻山而是朝着墙上的字死死地看着。闻山心里便长了草地一样发毛："掌柜的，闻山确实身无分文，能不能让我写几个字充房钱？"掌柜没有说话，只是点了点头。闻山就提笔蘸墨挥笔写下了"曹魏故里宫墙万仞"八个大字。

掌柜又望了闻山片刻，声音很大地说："这八个字你要充多少钱？"闻山低声说："总该值十两银子吧。""十两？"掌柜重复了一句。"如你觉得不值，就顶个房钱行不行？"闻山有点乞求的意思了。掌柜定定地看着闻山说："就'悦来客栈'这四字就值千金啊，真不知你怎么这样看轻自己。这是一百两银子，你今天就到北京城去，在京城你会有出头之日的。"

闻山到了北京城不久，字就被乾隆的十一子所赏识，并呈给父皇。乾隆皇帝见到字后，提起笔审视良久，身旁的何珅见万岁爷迟迟不圈，认为不值得评点，就哈着腰说："万岁，此乡野书生，不值一圈啊。"乾隆看都没看一眼何珅，说："不，朕平时见到精妙的字是要圈红的，但这些字写得个个传神，朕不忍圈，怕脏了这字！"乾隆立马赐闻山进士出身，知巴东郡。

自此以后，药都写字的人没有一个像梁闻山那样，从不说自己的字不行。但至今却仍未出一个像样的书法家。

刀爷

　　慈禧年间，药都城出了个俞宗礼，十二岁上便得了个颍州秀才第一的名分。也就在这一年家道开始败落，他断了进举的念头：做官一靠朝中有人，二靠手中有钱，两条无一条，任你满腹才学也是枉然。那年头，就这世道。世道再不平，人总是要活命的，二十岁生日这天，俞宗礼就在州衙门外放了张八仙大桌，手捏一管尺半长毛笔，靠给人写呈子谋生。

　　俞宗礼写呈子有"两不"：一是官司打不赢的呈子他不写，二是交不起呈子钱的更不写。他写呈子的价码是一文钱一个字。用他的话说，写呈子的钱都交不起，这世道还能打赢官司？但对穷人他又有一说：官司有把握赢的呈子钱一文不收，还倒送银子帮你；打不赢的官司，就是一两银子一字的价码也不动笔。他常说的一句话是，穷得就剩一条命了，还白送啥。这一来，恶人恨他，孬人怕他，穷人敬他，富人叫他刀笔客，百姓称他刀爷。

　　一天早起，刀爷正在漱洗，两河集地保贾安民就一脸霜雪

俞宗礼写呈子有『两不』：一是官司打不赢的呈子他不写，二是交不起呈子钱的更不写。

地来到他跟前。刀爷噗地喷出一口水：“说说看。”又喝了一口凉水，边漱边听。听毕，刀爷又噗地喷出最后一口水，哈哈大笑：“不就是两河口发现一具无名尸吗？这事可小可大，小到无声地息，大到你坐牢五年。”刀爷话没说完，贾安民就矮了半截：“请刀爷指教，我会重谢的。”

刀爷面对这个对民地刮三尺，对己尿过筛子的贾安民，一字一句地说：路有三条，任你挑拣。一是，一文不花，坐牢五年。二是，拿出五十两银子，让你只挨四十大板。三是，送上百两银子，挨一通训，了结。贾安民既怕坐牢，又舍不得出百两银子，便选了第二。刀爷扭头进屋时甩了一句：回家拿钱，老地方取呈子。

太阳正对头顶，刀爷就要收摊了，贾安民一鼻子汗地赶来。哗地从钱搭中倒出百两白花花的银子：“我选第三条！”刀爷没有看他，只是眯着眼看了一下银子，然后右手执长笔在呈子中“两河口”的“口”字上添了一竖，把呈子往前一推：“去衙门呈报吧。”

贾安民捧着呈子进了州衙。州官一看，见上面写着“在两河中发现一具无名尸……”不待看完，就把呈子一扔，“混账，尸体在两河之中，就该任其向下漂去，出了药都地界还与本官何干？多事！”

漂向下游的尸体乃李鸿章在药都被害的家人，这是后来的传说。而刀爷用这百两银子重修了灵津渡的码头，确有石碑为记。

华老二

华老二，医祖华佗后人也。因排行第二，家乡药都人口耳相传时总是叫他华老二，这样亲切。华老二出生于大元朝世祖忽必烈年间，少年聪慧，五岁时就能口诵诗文千余言。因药都乃老庄故地，陈抟道教之所，华老二就有了与老庄后人辩说，与僧道论禅之便利。十岁那年，忽必烈南下来到药都，见华老二，一番交谈后叹道："器局太大了，恐本朝无容他之地。"但忽必烈仍想用他，要赐他少年进士，华老二却坚辞不受："祖上乃全都为医，不为良相，志做良医才是祖训。"忽必烈碍着华氏一门神医，只好作罢。

又一个五年过去了，忽必烈突然想起华老二，便让药都州官报其这些年的所作所为，知他潜心于民间，采药制剂，救死扶伤，药都因他的良药老者倍增，便龙颜大悦，赐其良马宅第供他坐诊出行。元至正十六年，当时只是红巾军副元帅的朱元璋来到药都，按红巾军当时杀元帝官府的规矩，华老二是要被杀的。但朱因华老二的盛名，不仅没杀华老二，相反求他随军治伤。华老二自然不会应允，朱元璋恼是恼火，但想到也许有一天华老二会为自己大用，也只能强作笑脸地退出华宅。

朱元璋果真不是一般人物，他自药都就一直打着小明王的旗号，直到略定江南。后来，他在南京城坐上了龙椅之后，忽然想起华老二来，就差人来药都迎华老二去京都。华老二知道朱氏的为人，自觉此去凶多吉少，便安排好后事，一路高吟乡人曹操的《短歌行》，向南京城而去。

到了京都，朱元璋并没有见他，而是把他请到修史的翰林院。史官每遇疑难阙漏的地方都向他请教，华老二都能随口作答，谈及早朝的事件，就好像自己经历过一样一清二楚。后来终于在朝堂上见到朱元璋，华老二重申十岁时在忽必烈面前所说的"志为良医"之语。朱请华老二告他治国之策，然后才放他回药都。华老二想着药都百姓的疾苦，就答应说："国如人也，无无病之人，无无灾之国；良医导之以药石，救之以针剂，圣主和之以至德，辅之以人事，故形体有可愈之疾，天地有可消之灾。至德者，乃胆欲大而心欲小，智欲圆而行欲方，如临深渊，如履薄冰之谓也……"

华老二被朱元璋送回药都后，仍采药行医不止。过了百岁仍红颜白发地行走于乡野城郭。一百一十岁生日那天，他对家人说："我这一生没欠人间一分情一份债，我的所有都留在了这个世上，我要走了，一个月之后再收殓草葬吧。"说罢，合目而去。家人谨遵其嘱。

据说，一个月后他容颜不改，举其入棺，轻若衣，形如蝉蜕。

姚督军

　　姚督军算得上药都人心目中的一号人物了，这不仅是他后来官为福建督军，更重要的是他是一条诚信的汉子。

　　出生于药都城黄家坑的姚督军，幼年家贫，只上了两年私塾，但其聪颖过人，竟能颇通文墨。十二岁就长成大人身的姚督军，经人介绍，进盛复源杂货行学徒。因药都出了个姜大帅，姚受其影响，自小就有从军思想，当了学徒，仍常作骑大马状骑在杂货行的糖包上，对他人称自己日后一定会骑大马驰骋疆场，杂货行人无不笑其狂。每至此，晚上他必关上门，站在桌子上，右手高持一棍作指挥官状。久之，杂货行人便不觉得奇怪，但仍时常嘲笑他。

　　六年一晃。姚督军学徒出师，但仍在盛复源杂货行谋生。二十岁上，娶妻生子。做了一家之主的姚督军，仍不改从军之志，亦常作骑马指挥状，并常说此生定要从军为帅，知情人均说其有从军癔症。后来，连他长大了的儿子也常说他有病，每至此时，他并不愠怒，而是以"好男儿当有四方之志"相回。到了姚督军四十五岁时，药都人几乎不知其有从军癔症，但也无人再嘲笑他了，人们谁也没有了兴趣。

这一年的某一天，他忽听大清朝在天津小站练兵，遂到"新桥口酒馆"要了一壶酒，痛饮之后，大步出门一路上挥臂长啸："我志酬矣！我志酬矣！"路人皆笑。但后来的几天，他私向亲朋筹借赴津的路费，均没能成，遂晚上徘徊街上。这一晚，偶在州东街遇四海杂货行老板汤子箴，汤见其神色颓丧，追问根由。姚以实相告，汤早觉姚不是癔症而是从军心切，便出二十两银子相赠，姚把银子装好后，两人含泪而别，只有寒风从街的北头呜呜吹来，别无言语。

当晚，姚督军卖了两包点心送给六十六岁的老娘，让妻子为其补了已破的布袜，第二天一早便悄悄起来，离药都而去。

一晃多年，姚因颇通文墨且苦练操法，屡得提拔。民国三年，姚的老上级李厚基入闽任督军，姚也继升为第二师师长。民国四年，李因公离闽，便命姚代任福建督军兼省长，以确保闽地不入他人之手。但这些，药都人并不知道，连汤子箴也不知，一是姚没有回药都，二是姚写给家里的信家里一直没有收到。而此时，汤的四海杂货行几乎倒闭，汤为了顾全面子四处筹借，购得一船地产货起程上海，意在重振。可到了上海，几乎本利尽失，徘徊于黄浦江口，心想不如自尽算了。

正在这时他听一报童喊"姚建屏代任福督军……"他立刻

决定赴闽。汤到了福州向姚府报了姓名，姚听说汤子箴来见，急命大开中门，两人抱头痛哭于堂内。一月过去了，汤要离闽，姚说："汤兄何必匆匆而去，我正拟委你任海关之职，不知肯否屈就？"汤说："当初助兄从军并不为今日海关之职，我乃生意人，做不得官的。"最后，姚送汤百银为路费。汤未到药都，就有三船闽货发往到四海杂货行。汤从此得以复振，姚知汤的为人，也再无发货。

按姚的为人，结局应是很好，然并非如此。姚在代理督军、省长之时，有副官怂其通电倒李拒其回闽，自己做督军。姚痛骂："姚某怎做你一样背义之人！"等李厚基回闽之后，姚的副官又向李诬告姚，李信以为真，竟借故免了姚的职务。姚自此定居天津小站，再没入仕。

华
道
存

颍州太守谭冠，五十五大寿后的第四天突然得了一种怪病：胸闷难捱，痛苦万状。颍州城内的名医来来走走，仍止不住太守的呻吟。这天黄昏，病情有所好转的太守，忽然记起药都太守曾说过的一位名医，神医华佗的后人华道存。于是，立令儿子谭明备车连夜去药都请华道存。

跑到药都，已是熄灯时分了，三匹枣红马水洗一样。华道存身为名医自然有他的规矩，夜不出诊。谭明只得暂住客栈，盼着天亮。第二天，华道存一行来到颍州太守府时又是黄昏。华道存净了脸，抿了两口茶，才在谭明的满眼小心中来到太守的病房。

华道存手把太守左腕，静静地注目太守良久，转向谭明，微微地摇了一下头。"华先生，我父亲的病……"谭明话被华道存的手挡了回去。华道存又看了看谭冠的眼珠和舌头，两眉间短了半寸，起身走向屋外。

华道存两眼直逼谭明，谭明迟疑地望着华道存。「如若没有什么坏事，那就快点准备后事吧」。说着，华道存起身要走。

"华先生，我父亲的病？"谭明焦急地问道。

华道存松开短了半寸的两眉，缓缓地说："令父内脏淤血至极，现已是百药无效了。"谭明听此一说，扑通跪地，叩首道："求华先生救我父亲一命，我会用重金报答你的。""金银又有何用？见你有这般孝心，我尚可一试。"华道存在太师椅上坐了下来，呷了一口茶，"不过，这药是有危险的，且要你真心配合。""只要能治了我父的病，怎样都行。"谭明说着又在地上磕了两个响头。"那好吧，这药是一副怪药，名曰治脏灵。你先把你父亲做过的坏事说出来，然后我才能开方。事越能让他生气，药越灵。"

华道存两眼直逼谭明，谭明迟疑地望着华道存。"如若没有什么坏事，那就快点准备后事吧。"说着，华道存起身要走。"先生别走，有，有，我说。"谭明低着头避了父亲，小声说起来。华道存微眯着双眼，静静地听着。"够了。"华道存睁开眼，蘸墨，抚纸，略一沉思便笔走龙蛇：

治脏灵

呸！你个丧尽天良的狗官，坏事干绝，终有报应。此谓，坏事积成病，有药也无用，

死了人心欢，活着害百姓。

药引子：除了一害。

附：坏事五例。

其一，克扣治颍水专款，致使水患不断，然后再谎报灾情，鲸吞赈银，罪有应得；

其二，浮夸虚报，残民媚上，只求恩宠破格提升，以至苛政于虎，百姓遭殃，死有何怨；

其三，颠倒黑白，庸吏乱法，为百两银子竟使民女冤死狱中，又当何罪；

其四，贪赃之道无孔不入，正常收钱粮报仓耗，惩治下级为手段，择肥而噬，贿上求官，本该去死；

其五，整日不理正事，沉湎声色，花天酒地，有何纲常伦理，为官之态？

写到此处，华道存已是怒眼圆睁，掷笔起身，说道："给，舍你个药方。"随即大步出门。

华道存走后，太守谭冠向儿子要过药方一看，啊的一声坐起，顿时火从肝中起，怒自胆边生，从床上跳了下来，大喊："气杀我也！"话刚落音，就哇啦哇啦地呕吐起来。先是黄水，后是血块，只吐得满地乌黑腥臭。稍有停息就又大喊："快……快……快给我把他抓……抓回来！"接着又弯腰抚胸的吐了一阵。

儿子谭明从屋外进来，把太守扶到床上。太守依然呵令儿子去抓华道存。"父亲，不要再生气了，这就是华先生的药啊，看你吐了那么多坏血，不这样你就没命了。"这时，太守猛地静了下来，两眼直直地望着儿子，一句话也没说，软在了床上。

此后，颍堤重修了，市面繁华了，并不断有颍人来药都给华道存送匾什么的。

聂朝闻

　　说不清从哪一天，药都西河滩来了"草上飞"的传说，流于市面。草上飞实为盗中高手，说是从北京城回乡的"高买"，已七十多岁，是落叶归根。究竟住哪条街何许模样，无人知悉。高买者是对盗中高手的称呼，所用东西不需费一分钱，不是高买又能称何？这一说传将出来，西河滩六十条街巷的生意人便紧张起来，唯恐被盗。一月，两月，一年，两年过后并未见草上飞出手，人们的心便放了下来。

　　自古七十二行有梁上君子一行，市井无偷百业皆休，乡里无偷五谷不收，偷儿不进并非吉祥，这是药都人祖上传下来的一说。虽偷有偷的规矩，大偷偷国，其他适可，但药都前些年却接连遭遇大盗，有几家富户一夜赤贫，自药都盗行里传出话说，是从外埠来了高手，非本地人所为。但自从传说草上飞回乡之后的五年内，药都人及外地商贾没有一家遇过大盗。

　　于是乎，关于高买草上飞的传说更是纷纭杂沓：有说外埠高手来药都要先拜草上飞，有说不是没有遇大盗而是被盗的财物又被草上飞追来送还，有说草上飞乃全国高买每天均有外埠人给他送码头钱，有说草上飞虽年过七十仍有力托千钧之功，有说草上飞实为一大风就能吹倒的枯老头儿，有说官府遍查西河滩六十街巷根本就无草上飞……传着传着，关天草上飞的事，就被熟皮坑书棚的艺人孙金贵编成可说三月的《草上飞传奇》，每月逢一逢五在棚内演说。

这一日，熟皮坑书棚艺人金贵正说"草上飞智偷慈禧手中如意"一段，说到紧张处，正要从桌上拿紫檀木，手突然定在了空中，再一看刚才放下的紫檀木却不知了去向。金贵知是来了如草上飞一般的高手，便拱手向听书人长揖："金贵有眼无珠，冒犯了，请还我吃饭的檀木。"棚内一阵骚动。金贵再低头时，刚才那块紫檀木已回到了原来的地方。金贵只得改说其他。不大一会儿，一个清清癯癯的老者，长衫飘逸地走出书棚。不久，药都又传出：那天动了金贵檀木的老者就是草上飞，金贵从此与草上飞成了知己，草上飞是江湖上的大名，真名聂朝闻。究竟如何，没有人能证实，只是金贵再也没说《草上飞传奇》这个段子了。

又过了五年，药都突然来了山东军阀张宗昌的一团，团长的老爷子也跟来了药都。一日，老爷子至"道德中宫"去凭吊老子，见正殿内有一石碑，上书：鲁人仲尼叩请问礼。此为当年孔子到此向老子问礼时递的门帖，药都人为了显摆这份荣光，

正说到草上飞我智
你慈禧手中如意一
阮送到紫檀庆正要把
桌上拿紫檀木

说到紧张处，正要
从桌上拿紫檀木，手突
然定在了空中，再一看
刚才放下的紫檀木却不
知了去向。金贵知是来
了如草上飞一般的高手，
便拱手向听书人长揖：
「金贵有眼无珠，冒犯了，
请还我吃饭的檀木。」

刻下的古碑。老爷子仗着儿子的枪炮，硬是于第二天把古碑抢回所住的团部，说是要带回山东。这一下，急坏了药都人：一是，再过十天就是这老爷子的六十大寿，寿日过后就回山东；二是，古碑被抢，药都人脸上还有何荣光。药都三老绞尽脑汁，文要不行，武抢恐碑毁，一时间药都人都阴沉着脸。

团长的老爷子大寿那天，药都人咬牙切齿，但碍于压力，官商富贾还是来祝寿了。这老爷子的祝寿仪式很是别致，厅堂门外两班持枪士兵威然林立，正对厅堂门外立着那块古碑，来叩拜之人先要向古碑行礼，然后再向堂内行礼。

中午时分，祝寿正到热闹处，一清清癯癯的老者随众人进了院子，向古碑行礼，再向堂内行礼，转身退出，与他人并无两样，只是退出时长衫擦了一下古碑。祝寿结束，团长的老爷子走出屋堂，来到古碑前，正好一阵风来，古碑突地倒地。众人大惊，细一瞧，哪来古碑？只是一纸糊假碑而已。

下面发生的事就是可想而知的了，自然少不了重兵把门，逐人审问。也自然是毫无结果，只是祝寿人中早少了那一清清癯癯的长衫老者。

此后，药都再没有一人见过那老者。十年之后，金贵把那方古碑重立在了"道德中宫"。不久，商汤陵东一里处又多了一个土丘，并有一碑，上书"高买聂朝闻之墓药都全民敬立"。

费大手

费大手聚众做匪之前，药都地面上另有一匪秦三爷。

秦三爷有匪众百余人，平时星散于乡间、城里，或工或农或商或引车卖浆，与农人、商贩、市民无异。做起活来，瞬间聚拢，杀人越货，常出奇招。但所抢掠杀害者，多为富不仁者或官家。有天深夜，一富家正议着秦三爷，话未毕，被七个匪人绑走，到了秦三爷的窝点，不由分说被割了舌头。这人定睛一看，绑自己的匪人，竟是白天给自己收拾房子的泥瓦匠。从此药都城内再无敢背后评说秦三爷者。

秦三爷究竟何种模样，市面上没有人说得清。最初，关于秦三爷的事却是从一个放牛的孩子嘴里说出的。一年夏天，刚落过大雨，天却仍然热得下火一样。这孩子到城外东观稼台放牛归来，犍牛见路旁有水，便卧下不起。这时，正好秦三爷路过，见牛挡住了自己的路，急走过来，弯腰捉牛四蹄，扔到十步开外，牛当即被摔死了。小孩拉着秦三爷便哭："你赔牛，东家不会饶我的！"秦三爷哈哈大笑："你告诉东家，是秦三爷摔死了他的牛，让他来找我！"据这孩子说，秦三爷人高马大，大红脸，声音沙哑。药都知府曾画像捉拿，却不见秦三爷踪迹。

其实，秦三爷常在药都市面上走动。他看上的富家女子，青天白日也敢抢走。一时间，药都城市面萧条，俊俏女子多不敢出门。但自从费大手聚众做匪之后，秦三爷便多有收敛。他曾想派人找到费大手，以巨银让费大手兄弟离开药都，另寻福地。怎奈费大手和他的弟兄们也是星散于乡间、城里，与农人、商贩、市民无异，找不到啊！秦三爷最后放出话来："药都地面上，有我秦三爷就没有费大手！"秦三爷与费大手间的火并似乎随时都可发生，药都人无不心中暗喜。知府更是让人在市面上传话，今天"秦三爷说非活剐了费大手不可！"明天"费大手非废了秦三爷不可！"传来传去，秦三爷就急了，在市面上走动得多起来，他要寻找自己见面的对手——费大手。

这日，秦三爷正在北关大街上走着，突然一口水喷在了脸上，他一怔间，脖子就被迎面来的人点中了，再也说不出话来。接着，他就被面前这个人拉着手向前走去。秦三爷心里明白，这个就是费大手了，可他说不出话来，疼得又不能不走。到了明王台，费大手一按他就坐在了废弃的青石柱上。明王台已废，只有巨石大柱杂乱相陈。费大手也坐了下来，历数秦三爷破了做匪的禁忌。说一条，右手在面前的石板上划一道，石板上就留下半寸深白沟。说过第四条时，秦三爷扑通跪在了地上。这天夜里，秦三爷的百名兄弟与费大手的四十多名兄弟合在了一起。费大手知道秦三爷也是苦出身，一家人全都被冤死，就让他做了自己的副手。

药都人听说秦三爷与费大手两股土匪合为一股，均大惊失色，几乎无人敢乱说乱动。可不久，药都大街上就贴出了告示：吾本苦出身，均身受官冤，屡遭富人欺压，意罚官治富，无辜百姓勿忧！——费大手秦三爷。接下来，知府和恶富人家屡被打劫。知府火速上报，不久，从京城便来了钦差。费大手一干人，虽未有多大收敛，钦差们却也没动其丝毫。

这年冬天，一外地药商因被人告，让州衙抓去。不仅商号充公，而且右腿被打断，投入大牢。第二年春天，这药商家人从外地来，花重金将其赎出。秦三爷一次带人进城时，正好碰上这人，他要入伙，秦三爷便带其到了自己的窝子里。费大手问明情况后，嘿嘿一笑："三爷，你上当了，他是钦差！""不可能吧，我知道他的，去年冬天被知府狗官投入大牢的！"秦三爷争辩道。费大手没再跟秦三爷说什么，而是大声喝道："把这探子的裤子脱去！"众匪拉下这人的裤子，这人冷言相激："你这般土匪，连好人都认不出来，我真是瞎眼了！"费大手突然走到这人面前，猛地一提，这人就站了起来："看看你的膝盖，不是官府中人，哪来这般跪痕！"这人愣了一下，就软在了地上。

秋天，钦差大臣悄然离开了药都城。

任路德

景成源打烊了，喧哗的南京寺大街也安静了下来。任路德坐下来刚喝了一口茶，掌柜张景成就把他叫去了。

"路德，从明天起，景成源的生意就有你五份了，明儿个把字号后面加上协记！"张景成声音很小地说。自从少爷张继丢失以后，张景成就再没大声说过话。任路德前走两步，跪了下来："掌柜的，我任路德一个光腚小子来学徒，刚满师你就让我当经理，生意给了我三份，您，您今天是要赶我走吗？"任路德对这突然出其来的事感到万分不解。"起来，生意是人做的，小少爷丢了，我身子骨也一天不如一天，总不能让这景成源败下去吧！"张景成扶起任路德。"您交我经营可以，但我只能要三份，赚来的钱到啥时候都姓张！"任德路恳求道。"孩子，我从卖红纸起家到今天，我要的是钱吗？现如今，儿花女花没了一个，我能用多少钱呢，我要的是字号不倒啊！就这样定了！"说罢，张景成让妻子拿出了"景成源——协记"的牌

说罢，张景成让妻子拿出了『景成源——协记』的牌子。这一天，正好是任路德十九岁的生日。

子。这一天，正好是任路德十九岁的生日。

古语说，恭敬不如从命。景成源全交给任路德后，生意一天天大起来，大得让同业都惊呼景成源发了邪财。其实，景成源的门面只有两间，还是刚创业的那两间，收的货来的货多了，都堆在街旁，但也只是半天时间，景成源大批的进货和出货从无过夜。让药都人不得其解的原因，其实很简单：景成源与上海的祥正号成了联号。祥正号是干银号兼营号帮，经理乐宸春来药都进六陈特产时与任路德一拍而合，祥正号有的是钱，药都的土特产在上海畅销，景成源要多少钱正祥号给多少钱，发多少货正祥号接多少货，景成源岂有不兴旺之理。

不几年，名义上还是杂货店的景成源，除了做纸品生意外，已大量经营粮食、六禽熟皮、药材、茶叶、金针菜、瓜子等，品种很多了。生意究竟做到了何种程度？有两事可比，一是景成源一家交的税占了药都数百家杂货店交税的六成，二是凭信誉景成源可以不付现款就在天津、禹州、安庆数十个城市进货。

生意虽然大了，但任路德还是任路德，他立下的三条规矩十几年了一丝都没改：一是不扩门面，只扩仓库；二是再小的生意都要做，景成源一定是药都杂货店中开门最早打烊最晚的；三是只要他在家，一定每天早晚到老掌柜的堂前问安。对前两点，药都人佩服，对后一条药都人并不全信，都认为是任路德做给别人看的。

民国十四年，老掌柜张景成死了，药都人都觉得任路德会大办丧事，街上的闲人们都准备大吃大喝几天呢，张家就剩一个老太太了，钱都是你任路德的了，还不该排场一次，做一次秀！然而，任路德没有这样做，丧事很是普通，只是自己披麻戴孝而已。药都人岂能容忍，好个不仁不义的任路德，好个独吞他人家财的任路德！药都人就讲一个仁字，这样一来，景成源的生意自然不会那么兴旺了，一是药都的杂货店及市面上的人都不再买他的货了，二则正祥号也觉得任路德做得有点过分，放款就没有先前及时与量大了。任路德心里急啊，但并不表现出一丝一缕，只是把生意做得更精细了，开门的时间更早打烊的时间更晚。人心最重，生意场上更是如此，失了人心要想把生意做大做火是难的。任路德为了不使生意下滑得太快，自己亲去上海的次数更多了。

又一个十年过去了，任路德却从上海领回了张景成丢失的儿子。对张景成的儿子张继，任路德是有印象的，左眉间长了一个朱砂痣。当老太太确认面前这个二十五岁的青年人是自己丢失二十年的儿子时，种种传说便在药都流传了开来。一说，是任路德在黄浦江码头认出张继领回来的，一说张继自己回来的，也有说是拐家见任路德独吞了张家财产送回来要财产的，一百人竟有一百个版本的说法，都二十年了，什么事不会发生啊。关于张继本身更是传说不一，当街面上的人看了张继后，有人说他成了上海大财主家的儿子，有的说他败了人家的财成了大烟鬼了，云云总总，也是一百个人有一百个版本的说法。

然而，人们最关注的还是关于财产这一牌，任路德咋出！热闹肯定在后头呢！

可药都人又一次失望了，像张景成死后任路德没有大办丧事一样地失望与愤恨。这样大的家业竟没有出一点事。任路德把所有的账目都拿了出来，把财产的七成都给了刚回来的张继，自己只留三成！而且把景成源让给了张继，自己另立了门户——德成源杂货店。

任路德的德成源杂货店生意日见兴隆，最终又成了药都第一。景成源后来怎么样了呢？惨了。张继后来吸了大烟，爱上了牌局，喜上了春院，坐吃山空，没有几年竟被人盘了店。这也不能怪他，一个穷光蛋，一朝有了那么多的银子，结局多是这样的。

查龙

依药都城北门涓涓而流的涡河，西接黄河东流淮水，四通南北。城外，日日帆船往来如织，高舸大舫连樯而集，绵延十里。沿城码头、货栈、坊行数以百计。

夏季，山水涌动，徽商将竹木茶麻各色山货用排装好，顺流而下直至药都；山洪暴发，西路商人就砍山中竹木扎伐顺水放下，到了药都码头，就卖到岸上西河滩的竹木厂坊；因河道弯陡，有人伐一千能收两千，有人伐两千只能收五百。到了秋季，药都特产金针、核桃、黄豆、芝麻土货上市，外地和当地商贾就会竞相收购，运往上海，以图大利。因是一时鲜生意，早一天晚一天到上海其价大相径庭，商贾就要雇"抢鲜船"。商贾与"抢鲜船"言明某日装货，限于某日到沪，运费加倍甚至数倍，迟则一日罚款多少。

"抢鲜船"船主一旦拿到货单，就要高价雇佣船夫，以备沿途划桨拉纤，船上一般要有二十船夫，且必有一精干舵主。

舵主一般并不掌舵，只在险流才亲自出手。途遇有桥堡河关，舵主老远就打起一棒锣响，管桥堡河关的人就知道有"抢鲜船"要过，提前把桥闸拉开，让出一条水道，货船迎风劈浪，冲将过来，冲到桥船，舵主将装满铜钱的洒水斗子，哗的一声倒给桥船。一般过往船只不过几个铜钱，而"抢鲜船"出手大方，人都非常欢迎"抢鲜船"的到来。

查龙的父亲就是这种"抢鲜船"的舵主，查龙十六岁也做上了"抢鲜船"的舵主。

查龙的父亲是药都码头上最有名的舵主。可在查龙六岁那年，父亲所领的"抢鲜船"因遇山洪，在长江口被漩浪卷走，事后母亲悲痛身亡，小查龙就成了无依无靠的孤儿，整日混迹于涡河各码头。在河道里长大的孩子，加上无人管束，水性就极好。药都城西的涡河有一段叫龙潭是远古黄河决口在河底淘成的大潭，传说曹操幼时"涡河击蛟"就在此潭。欧阳修知药都时夜泊龙潭后有诗云："碧潭风定影涵虚，神物中藏岸不枯。一夜四郊春雨足，却来闲卧养明珠。"

这一天，查龙散淡无事，来到龙潭岸边，岸边杨柳婆娑，芍花飘香，潭面拧着一个个漩涡。查龙突然看到一长发人头被漩涡拧出水面，他没有多想，纵身跳入。半天，他才举着这人游上岸来。经过一番控水和人工呼吸，此人终睁开了眼。这时，查龙才注意到是一姣好少女。后来得知，此人乃药都一竹木店老板的女儿司春红，自己游玩，不慎失足落水。

我整日跟水闹，早晚家
这条人龙要去见真
龙哪如一人无牵无挂
的好。

有人劝他成个家，

他总说：「淹死都是会

水的，我整日跟水闹，

早晚我这条人龙要去见

真龙。哪如一人，无牵

无挂的好。」

这一年，查龙十二岁。就是从这一年，查龙才有了自己的名字"查龙"，且是码头上的人给起的。也就是在这一年，查龙被雇到"抢鲜船"，有了营生。四年后，就做了舵主。

查龙水性好，人又灵活，他的"通顺"抢鲜船总是价码最高，他的工钱也高出别家抢鲜船舵主的几倍。这样，他就没少挣钱。但他从不置家业，花钱也散漫，酒楼和妓院就是他常去之地，有时也周济其他家贫的船夫。有人劝他成个家，他总说："淹死都是会水的，我整日跟水闹，早晚我这条人龙要去见真龙。哪如一人，无牵无挂的好。"他常去的是"怡红春院"，有人说里面有一妓女叫春红，是他曾救起的那个司春红，因其父破产，春红被债主抢去卖给"怡红春院"。究竟真否，不得而知。

因有查龙在，通顺抢鲜船总占药都各船帮之先。多家船主重金挖查龙，查龙均不愿离开船主，因此通顺船主和查龙就常会受到一些人的暗算，所幸均没有什么大事。

这一年秋天，通顺船主接了一船运往上海的干核桃。由于事先船底被人从水中用针扎了细缝，渗水将干核桃浸湿，核桃吃了水，突然间一齐膨胀，到九江口时，砰的一声船炸了，船上的人全部落入水中。查龙被水浪打在了河面的竹扎上，后背被一尖竹扎透。他被同船的周三救上岸时，已奄奄一息了。他从胸前掏出一封口的羊皮袋交给周三："兄弟，这是我攒下的银票，你回到药都把春红从怡红春院中赎出，我答应赎出她与之成婚的。"说罢，气绝。

　　后来，周三开了个杂货店，生意红火。再后来，他果真赎出了春红。不过，春红成了他的姨太太。

紫金先生

紫金先生乃一梨园红角。有说她幼时随扬州船帮流落至此，有说她从苏州幼时被拐而来，究竟为何方妙女，至今不详。她的名字之所以让药都人评说遗恨，皆因独属药都的清音剧种，盛于她也殁于她。

清音为药都独有的说唱曲艺，系从满清宫廷传来，加之与"南阳大调"的融合，自成高贵、清雅、灿婉、优美一格。追溯起来，自居京城的"姜蒋刘李耿马饶汤"药都八大家的官宦子弟，把清宫贵族中流行的八角鼓带回药都始。再追溯起来，应到药都名人姜桂题，此人行武出身，因功官至上将军毅军统率及热河都统，被慈禧老佛爷宠为紫金城驰马，跟随而至的乡人在京城形成八大家。清音刚入药都之时只为城内官宦子弟所唱，后流入民间才渐为艺人推崇。

清音因与宫廷血脉相连，自然贵为高格，演唱者不算艺人，男女均尊为先生，唱者以举止端庄大方为荣，以接受报酬为辱，其生计全靠听者赏送。清音班全以社而名，有义乐社、紫金社之谓。其演唱也有一套仪式和规格，重大喜庆想写之时，需提前三天持红帖到社里。

接受邀请后，主家于当天早晨派人将社里的乐器、风灯迎到家中，演出前在堂屋前摆上三张方桌，上铺红毡，两边各摆点燃红烛的风灯一盏、中间端放点心素盘一十二碟，演完撤走，桌子正方摆太师椅若干，供演唱伴奏的先生落座。到了点，身着长衫的一班先生们正好到主家大门前，此时主人要恭在门内拱手相迎，口喊："众先生们，劳驾光临！请啊！"这才步履稳妥地向桌子走去，落座，啜茶，等主人第二次说请时，演奏才开始。紫金十岁时，就是这种清音班子里的一个角了。

入春，紫金先生到药都西河滩德振街清凤楼演唱时，正好二八妙龄。清凤楼是以演清音为主的戏楼，忽一个紫金先生的戏牌挂出，清凤楼立马爆满。

第一天，紫金演唱的是"黛玉葬花"。春、夏、秋、冬、风、花、雪、月，八板奏毕，秀而不媚、清而不寒的紫金碎步从屏后而出，只向台下一盼，所有人都认定那如春水、如秋月、如白玉里蕴着墨玉的双眸在盯着自己，顿时整个清凤楼鸦雀无声。当人们仍沉于万般遐想之时，紫金忽朱唇慢启、皓齿微露，春莺婉转之音徐徐而出，飘入人耳，台下百人遂有万种妙境：高低粗细、回环转折、轻重急缓、哀酸怨思……只"黛玉我流清泪来到后花园"一句，便九腔十八调七十二哼哼，唱了近半个时辰。台下人正屏气凝神之际，戛然一声，人弦俱寂。

立时，台下叫好之声轰然雷动。忽然园内一道金光，一枚金戒飞向台上，接着几十道金光交错飞于台上……

自此，清凤楼便为紫金所包，每逢十天才出演一场。短短十天，已熬得药都官宦商贾各色人等茶饭不进。每次演毕，台上均拾得一盘珠宝钻戒。及至十月初十，人们早早来到清凤楼，从早到晚不见紫金，台上唯伴奏人等。原来，前一天夜里，紫金与一商人携金银珠宝而去。

之后，药都人再也不听其他清音社的清音了。一则，再听他人所唱，味若嚼蜡，不忍听；二则，有人传说第一场往台上掷金戒的乃紫金的同伙，实为诱药都人的线人，紫金倒了药都人的胃口，不想再听。

鲜有人听，唱者就少，及至如今，清音成了绝唱，几乎无人能演了。

曹霸

百年前，药都曹氏后人是不在家中挂曹植《七步诗》的，甚至就没有人敢谈这诗，一则兄弟相残有辱曹氏族风，也是为当过皇帝的曹丕讳。少年曹霸是偶尔从父亲口里听到这首诗的，也正是这诗使他一生曲折，在中国画坛留下了盛名。

要叙起家谱来，生活于唐玄宗年间的曹霸乃文帝曹丕嫡系。曹霸少年聪慧过人，十七岁上就诗书画剑样样卓然，有"文如植，武若操，字画抵丕风流"之美誉。这一年，曹霸就要起程药都赴考，其父也许是觉得儿已大了要让他知道曹氏一门的历史，以备将来仕途之险，就给他背了《七步诗》。谁料想，第二天一早，曹霸面对送他的父亲做出了不再起程的决定。

这一夜曹霸凝望着窗外的星空整夜未眠，他为先祖丕因权势不惜操内室之戈，骨肉相残而浩叹不止。太阳出来的时刻终于定下了不入仕途的决心。不入仕途自然就把精力集中到字画上了。他先师晋女书法家卫铄，后又临王羲之字，但终认为不能过王羲之而断了在字上的追求。曹霸的心智全都用在画上了，壮年的曹霸画名威震全国，引起了唐皇的兴趣。开元年间，曹霸正在后花园作画，忽传皇上有旨要他立赴京。望着明黄黄的圣旨，霸挥笔在未作好的画上写下"富贵于我如浮云"一句，转身随皇差而去。

到了长安唐玄宗在地熏殿召见了他，要他修补凌烟阁上二十四功臣像。皇上亲派的差事，不干不行啊，曹霸只得从命。但动笔之前他对玄宗说："吾修画完毕，请回药都。"玄宗笑答："做好此事，去留随你！"言毕，转身离龙尊而去。七七四十九天之后，原来灰破褪色的功臣像在曹霸的彩笔下重生，一个个生如真人神采飞扬，褒公段志玄、鄂公尉迟敬德像更是毛发抖动英姿飒爽。玄宗见后自然点头不止，但并未赏赐，而是要曹霸再为他的御马画像。曹霸怨从心生仰头质问："陛下曾允我画完即走的！"玄宗并未生气，又是笑笑而去。曹霸也只得随人到了玄宗的御马园。御马园中有骏马千匹，一匹匹神情各异。

他首先为玄宗骨相神奇的玉花骢画像，留《夜照白》"一洗万古凡马空"于世，后又画《九马图》《牧马图》《羸马图》三幅。玄宗十分高兴，立即赐他御马百匹田万顷，并封他为三品左武卫将军职。曹霸再三申明自己乃一画人，要闲散于世，玄宗才改为三品左武卫将军衔，可不上朝理事。自此，曹霸之画京城官家争相宝之，贵戚权门皆以得其笔迹为荣。

他首先为玄宗骨相
神奇的玉花骢画像，留
《夜照白》「一洗万古凡
马空」于世。

　　只可惜好景不长，安史之乱前他因一画被人指为影射当朝，被剥去官职为庶民清门。安史之乱中流离成都的曹霸与大诗人杜甫相遇，杜甫见名重一时而今穷愁潦倒的曹霸，感慨唏嘘，遂写下《丹青引赠曹将军霸》及《韦讽录事宅观曹将军画马图歌》两诗留世，而曹霸的画今天却无一留存。

萧
子
衿

　　药都虽居中原腹地，但因其商业繁华，水陆通达四方，新的时尚总不在人后。民国初年，缝纫机就已在药都亮相。不久，湖北黄陂人徐焱亭在帽铺街开设了"汉镇徐福茂缝纫店"，有徒弟百余人。一时间，药都人都以穿上"汉镇徐福茂缝纫店"用机子缝制的衣服为荣。两年后，徐焱亭的徒弟们又在德振街开了八家缝纫店，市民、学生、外地商绅的衣衫多为机子缝出。

　　但药都毕竟是药都。城内八大家和新发户的老爷老太太少爷小姐夫人小妾账房先生，这些人家的人以及在这些人家当差的人，总还是都到哑巴巷"萧记绣衣店"去定做，他们从不去穿机子缝的衣裤。并非这些人老派，不喜欢不欢迎新事物，关键是萧记绣衣店手工做出来的裤褂，穿在身上入贴、体面，长短胖瘦恰到好处，谁的衣服就只能谁穿，长一丝短一丝胖一分瘦一分都不行。萧记绣衣店在药都是老店，萧子衿已是第五代掌柜了。萧子衿的祖上是清宫绣坊的裁缝，因技艺超绝，皇上大喜，五十岁时被恩准回乡。于是，药都就有了萧记绣衣店。

萧记绣衣店清一色的男工，都是从六七岁便进店学刺绣。因创办人是清宫绣坊出来的，自然绝活就在于绣。但其制衣的活儿也绝不差，这是从皇宫里带出来的手艺呀。到萧记绣衣店做衣服，先要选面料，然后量尺寸，掌柜亲自剪裁，缝工再精缝，然后才是绣。绣的学问可就大了，所选面料必须是曾作贡品的万寿绸或精纺真丝绸、软缎，其他面料的活儿，萧记绣衣店是绝不接的。

萧记绣衣店绣法很多，有垫绣、平绣、拉绣、托底绣、绸绣等三十七种；工种分抽、拉、刁、补、厘五类，再分拼花、十字、蕾花、补布、打缆等五十三种；针法也最为讲究，有抽、托、勾、影、缠等六十余种。绣图多以花卉为主，后来，也绣龙凤虎蛇百鸟等他物。成品绣图均层次分明，虚实相衬，简朴中见繁复，素雅处呈华贵，浮沉、扬抑、凸凹、虚实、动静、清雅、绚烂、新古、柔硬变化无穷。药都没有人不以能穿上萧记绣衣店的绣衣为荣的。

尽管萧记绣衣店在药都这般受人尊崇，但萧子衿开始并不想做掌柜的，他的父亲也想让他从读书道上求得功名。可萧子衿十几年寒窗却只中了个秀才，乡试三次落榜，最后无奈进了衣店。萧子衿小的时候也是学过绣工的，现在，真的接了萧记绣衣店的掌柜，其心就专用在了上面。他在一代一代传下来的绣法上改变了雕绣的做法，从而使萧记绣衣店的雕绣名扬九州。

最大的特点为上绷垫底绣，有如剪纸，先以剪刀在绣衣花边上剪去多余布底，使花片显现鲜明清丽的图案，然后用绣线绷成蛛网状，以各种雕档雕空布肉以衬托出各种图案花纹，再运用多种绣花针法，精绣而成。有老年人拿出萧记绣衣店早年的绣衣，与萧子衿的绣工一比，不禁大惊：萧子衿的手艺超过了在宫中做绣工的祖上！

　　但真正令萧子衿出大名的还是他的裁技。裁缝裁缝，裁为第一，衣服合身不合身，入贴不入贴，有样没有样全靠裁这一关。萧子衿对来定做衣服的人家可以说是知根知底，不知根知底者从不下剪。他下剪前并不量你的身高体胖，他的眼就是一把尺子，只用眼一瞅，就可以断定你的身高体胖。对第一次来做衣的，总是要细瞅一番，并与之说过十几句话，诸如祖上做什么，自己做什么，何年科第，何年生意大发……然后动剪，制出来的衣服穿在身上定是最佳的尺寸。有时，大户人家的女眷来做衣，他总要设法弄清女的是妻是妾，是第几房妾，大妇人是否还在，与老爷是否同住之类；若是公子小姐来做衣服，也定要弄清排行老儿，其母是妻是妾是第几房之类，如果从侧面弄不清楚，就让其先走，然后派人打听清了，才肯下剪。

　　开始，人们不习惯，一个做衣服的咋那么多事？但后来便都习惯了，因为他做的衣服穿在身上最为合适。他的儿子跟着他学了二十多年，虽然学到了以眼做尺的本领，但裁出来的衣服却总没有萧子衿裁出的衣服合身合体。萧子衿有时也生气，但生气时就骂儿子不用脑子：衣衫是人穿的，裁衣服不把人的一切裁上去，人穿上会合身吗！萧子衿的儿子虽然被骂了不知多少回，但仍不得其法。

　　人总归有老的时候。这一年春天，萧子衿终于老了，卧床不起。眼看着自己就要走了，他把儿子从店里叫到床前。他用颤抖的声音说："世间万物理相通。裁衣须知人性，衣衫是人穿的，裁衣服不把人的一切裁上去，人穿上会合身吗？"这些话儿子听了不知多少遍，就是不解其意。萧子衿见儿子仍然一脸疑惑，便又摇着头说："你想，富人位尊其性傲，胸必挺，需前长而后短；家道败落者，其心懦，背必曲，而前短而后长；观其性急，裁衣宜短；见其性缓，裁衣应长……一人一性，一时一性，一人一种裁法，一时一种裁法，衣道如人啊！"

　　说毕，不能再言。

一

经
绸

　　药都盛产胡桑，农人几乎家家种桑。桑叶厚如铜钱，汁多外渗，从中撕开叶内便露出一层银白的细丝。家有十棵桑，养蚕不着慌，药都乡下也几乎家家喂蚕。

　　药都养蚕的历史早于隋代。每到春季，养蚕户多由没出阁的闺女沐浴净手，文火加温上年留下的蚕卵，孵化出小蚕，然后用雪白的公鸡毛轻扫在盛蚕的大竹箩筐上，开始只能把嫩桑叶切碎喂，半月后才能用整桑叶喂。到了蚕长得胖圆，身上发白发亮，就用金黄的麦秸秆或去皮的白柳枝扎成簇，置于草囤、再用新布单围上、放入暗室，让蚕上簇结茧。上簇最有讲究，早一个或晚一个时辰都影响结茧的质与量；上簇时不能让外人见，上簇的闺女小声吟唱："东家老，西家老，快来俺家穿棉袄。"反复九十九遍。意思大体是让邻家的蚕都到她家去结茧。

　　茧结了出来，药都城几十家缫丝坊又开始忙了。坊内支起大铁锅，铁锅内倒入涡河龙潭的蓝水，烧到七成，将茧放入锅内浸润。根据茧的成色，浸润到了一定程度，缫丝师傅用三根竹棍除去外层的乱头，找出丝头，挂在丝床上的圆轮子上，轮子直径通常有五尺大，只挂三股，师傅脚下踏板匀动，大轮飞圆，蚕丝就一圈圈缠在轮子上……手艺好的师傅，一铁锅茧正好缠满一轮子。接着就是打线，打线是由分布在街巷中的小户去做，单股丝在打线人的打线机和手上合成三股、五股、八股、十三股不同规格的丝线，以备专业的织坊来织纱、绢、绸、缎等。

药都丝织兴于初唐，名列当时宋州、定州、益州四大丝织中心之首，所产南绢常为蛟龙、对凤、仙鹤、白雀诸图，年进贡百匹。其极品"一经绸"最为世所叹，其薄如蝉翼、轻若烟雾，水纹皱褶若有若无，身汗如雨亦不沾肤。再因其质坚地实两三代人不能用坏，又被称为"万寿绸"。这种轻纱，乾隆以前药都仅有两家能织。大诗人陆游知药都时，曾在他的《老学奄笔记》手稿中称："亳州出轻纱，举之若无，裁以为衣，真若烟雾。一州唯两家能织，相与世世为婚姻，惧他人得其法也。"

陆游所言，乃葛、丁两家。到了乾隆年间，情况有了变故，因丁家无男，只有葛家能织。而当时药都打线高手吴延洲，此人的祖上曾五世专供葛丁两家用线，到了吴延洲时其线更是超绝，且为人忠厚，颇得葛家当家人葛遂廷所敬重。

这一年的一天晚上，送线的吴延洲与葛遂廷在葛家小饮后，葛将其秘法传与吴。起坐之前，葛遂廷郑重地对吴延洲说："将秘法传你，一是，我们两家世代交好，且你忠厚好进；二则，丁家无男，我葛家后人又不争气，传给他恐此法广布，坏了一经绸世名，不传又恐没了一经绸，故传与你，从此药都仍能两家能织……"吴延洲涕泪出门。

吴延洲此后并未开织坊，仍专为葛家打线。葛遂廷问其何因，他总推脱不为。可半年后的一天夜里，葛遂廷突然暴死，之后，吴延洲便开了"德秦织坊"。过了几年，德秦织坊的轻纱竟超过葛家。雍正大寿，药都知州将德秦织坊的轻纱贡上，雍正竟"爱不卸身"。从此，吴家德秦织坊的万寿绸享誉全国。

吴延洲七十大寿过完，一儿仨孙竟突然染痨病，百日俱殂。不久，吴延洲老去。从此，药都再也无人能织轻若烟雾的一经绸，流传千年的织中极品，至此绝于世。

耿七爷

耿七与师妹桃红回到龙湾寨，天都快亮了。走到门前，顿觉院内冷气森森。进得门来，只见师傅张久天正躺在床上。耿七与师妹云游访师五年归家之时，师傅却身受重伤。

耿七大声质问，是谁害我师傅？张久天示意耿七和女儿桃红坐下。方知，师傅是为了刺杀药都知府白治堂而伤。耿七听罢，霍地起身道："我去杀他狗官！"张久天长叹："当初城内三老来求我时，我也是立此诀愿的。可这狗官武举出身，提防甚严，一手毒镖诡秘难防，以你我之力恐难死之。""那又何必杀他？"耿七不解。"狗官到药都以来，横征暴敛，孽伤百姓，不顾黄河水灾，依然聚财霸女，寻欢淫乐。药都人等多次上告，怎奈他用重金买通至朝廷，三老求我以暴除之。不除狗官，我张久天死难瞑目！"说罢，竟圆瞪双眼而去。

张久天安葬后的第二天，耿七就到了药都城。他在州署街、州东街、州西街、州后街转了一整天，见确难有机会进院下手。

太阳落山，他刚出北门，一白须老者跟上，说道："义士，若有心杀白，必施瞒天过海之术。白信卜算，需以此近之。"说罢，匆匆回城。

一年之后，药都城出了一个瞽目神算——七爷。市人商贾争相问之。再说知府白治堂，被刺一年多来，心中总是不宁，就让师爷把神算七爷请到衙内。七爷果真神算，竟能将一年多前遇刺的细节末梢说得一清二白，白治堂大喜，就将七爷留在衙内，专为自己卜算。这一年的中秋节前，白治堂在衙内"至乐亭"让七爷算一算近期有无凶兆。七爷掐指慢语，白治堂微目细听。突然，白治堂一声大叫，一把短剑刺在了他的左肩上。白治堂身手果然不凡，七爷被擒。中秋节后，药都山猫洞刑场，白治堂亲自监斩。

时辰就要到了，白治堂起身来到七爷面前说："本官佩服你的义气，为刺本官竟自伤双眼，伺机而动。我白某人也不小气，拿好酒来，让七爷喝个痛快！"说罢，两坛"九酝春酒"抱了上来。耿七爷仰天长笑："狗官，你命不长矣！"骂罢，又是大笑。正在此时，人群中一红衣姑娘跑向耿七爷喊道："师兄，我陪您一同上路。"众人一片愕然。"你！"耿七爷话未说完，桃红已跑到了他的跟前。她从衙役手中夺回酒坛，捧到耿七爷的嘴上，顷刻两坛酒喝净，空坛放在耿七爷的脚前。

白治堂被眼前的一切惊呆了，他两手抚案站立，久久没有坐下。突然，一只空坛，带着刺耳的声音从空中飞来，白治堂嘭然倒下。立时，刑场大乱。

　　自此，药都人再也没见过耿七爷和桃红姑娘。

姜呈五

位于西河滩里仁街的大观楼，系晚清"昭武大将军"姜桂题之子姜呈五在家乡药都所建，与药都当时的商会会长张俊卿、刘初庭在炭场街所建的升平戏楼遥相呼应。只是大观楼高大巍然、富丽堂皇，让升平楼显得矮小而已。

民国元年，国是全新，商号繁荣，药都商会会长联合当时西河滩"隆昌行"刘初庭，在炭场街上建升平楼，以供演戏。一时间成为药都热点。昭武大将军姜桂题之子姜呈五很是生气，姜家乃药都首户，不能失这个面子。于是，第二年就请宁波工匠，在里仁街建造大观楼与升平楼争雄。一百二十个工匠历时三年才得以建成。究竟建楼所用多少银两不得而知，反正对于姜家来说不抵九牛之一毛，相传从南京到北京每四十五里都有他姜家一个庄子。大观楼为四层全木结构，内设饭店、澡堂、烟厅、牌室，吃喝玩乐之后不需下楼，即可从过街楼直入东街的大观楼戏园。因姜家有不少子弟是从北京城归来，爱听京剧，姜呈五就频频从北京高薪聘请梨园名角到此演出，并逢一逢五放无声电影。从此，升平楼便黯然失色。

不经意间大观楼迎来了它的第十六个春节。春节刚过，一外号叫华五的旅长便驻防药都。此人驻防颍州时曾佯烧自己的军火库，以求屯枪积炮扩充实力，意在取代当时安徽督军高士读之位。高士读为药都人，与姜家交往过密。姜呈五虽然看不上华五这种人，但还是请华五到自家的大观楼听戏。

正月十六夜里，整个药都城灯火通明，西河滩更是华灯异彩。华五带着自己的卫队一摇一摆地登上戏楼，坐在正厅。抬眼一看对面的戏台，华五猛地一颤。只见：戏台前凸，下有两排八柱支撑，上有挑檐柱四根；台上方正中为彩绘藻井，井周有悬枋，枋上有垂莲悬鱼，四周镶以大木透雕；戏台面积容得下一个三十人的乐队，戏台两侧各有一附台，为优伶化妆候场之所；回眼再看戏台口正上方，上刻"清歌妙舞"，两边木柱刻有一联，上书"一曲阳春唤醒今古梦，两般面貌做尽忠奸情"……华五用了茶后，戏锣开敲。姜呈五走到华五面前说："华旅长，今天来的都是京城的名角，所唱为拿手的段子《逍遥津》。"

华五一听此言，脸立刻沉了下来。这是姜呈五在羞辱自己。《逍遥津》这个段子的剧情，华五是知道的：曹操的谋士华歆，助纣为虐，与曹操出谋划策废汉篡位，剧中华歆是个丑角。华五碍于姜家的势力，不好当场发作，只冷笑一声，说："知道今天有名角上场，我就是要看看，我华家的戏有多热闹！"

　　这一年的七月初七，药都奇热无比。华五不知什么原因突然调防而去。就在这天深夜，戏散后，大观楼突然起火。望着冲天的火光，姜呈五大笑不止。笑毕，怒吼："华五，小人！"再笑，又怒吼："羞你华五一次，烧我大观楼何足惜矣！"

　　此一语令四周救火的药都人掌声雷动。

刘
章
化

　　南北要衢、通都大邑的药都，自然客栈、旅店云集。但自康熙三年至雍正五年，唯"两碗面客栈"名扬全国，入史进志。

　　说起这家客栈，还有两段让人亦喜亦惊的故事。

　　坐于南门内的两碗面客栈，原是六间草房的"刘家老店"。康熙七年的一天，刘家做馍的面因酵过头变酸了，只得改做面条。恰这一天，康熙皇帝微服私访来到药都投宿此店。刘掌柜要来客通其姓名，康熙当然不愿明了身份，随口说自己姓万。恰巧刘掌柜的媳妇也姓万，见姓万的来投宿，甚是热情，称康熙为老表。康熙问店钱几何？刘掌柜正愁一盆酸面条吃不完，开口答道："住店别问钱，先吃两碗面；进门问声好，来的是老表。"康熙先吃了一碗面，虽然面条略酸，但觉药都人豪爽厚道，当即取笔挥手写下"两碗面客栈"五个大字送与刘掌柜。刘掌柜方知是康熙皇帝驾到，连称万岁。就二天把御笔"两碗面客栈"刻成招牌挂在店门上。从此，两碗面客栈生意兴隆，扬名九州。

世人常说，好爹不一定有好儿。到了刘掌柜去世之后，其子刘章化接营两碗面客栈，虽然店面扩了三倍，客商更多，但总时有蹊跷事发生，小事常有，大事也出过。雍正十三年就出过扬州丝绸商朱志失踪一事，是夜宿还是离店失踪难以定论，终不了了之。一晃经年，刘章化死去，其子再接，竟自此没了蹊跷之事。

乾隆四十五年，药都来了一任知府，名朱孝儒。到了药都第一百零一天，他突然传两碗面客栈掌柜刘其到州衙。大堂之上，朱知府厉问："四十五年前，贵店可曾有扬州丝绸商失踪？"刘其答："听先父说过！"朱知府一愣："他可曾说过被害客商匿于何处？"刘其脸若土色，忙说："听先父说过，此事曾经当时州老爷查过，不是在小店失踪的。"朱知府惊堂木一拍，大声道："此乃我先祖，昨夜一梦，他被匿在东厢房内，身上有一雍正通宝铜钱一枚，钱背刻有扬州朱志四字！"刘其不敢言语，朱知府起轿出衙，直奔两碗面客栈而去。到了客栈，果在东厢房内挖出朽骨一具，胸前竟真有"乾隆通宝"铜钱一枚，背刻"扬州朱志"。

最终，两碗面客栈财产充公，自此殁迹。现唯留康熙所题"两碗面客栈"五字，存于药都博物馆。

闫四爷

　　春打鸡，秋咬蟋蟀，冬斗鹌鹑为药都民间三乐，已有千多年历史。闫四爷现如今四十岁上下，原是药都南门老闫家独子，二十年前因斗鹌鹑而输净家产，父母妻儿也一病身亡。身无一文的闫四爷靠着在斗鹌鹑场中的名声，得以在西河滩吊桥茶馆、德仁街茶馆专以做会对裁判为生。

　　吊桥茶馆刚毕了一场以百两银子为赌的打斗，闫四收了赢家的赏钱，手执如桃大的紫砂壶，仰在躺椅上闭目养神。城西门侯家大少爷，鼻子在纯金的鼻烟壶口一抽，一个响亮的嚏喷冲了出来，躺对面的闫四慢慢地睁开眼。侯大少爷盯着闫四开了口："四儿，别在这拿赏钱了，给我把鹌鹑去，十两银子的月钱，赢的银子三七分成，输了是我的！"闫四又把眼眯上，抿了一口茶，开口说："让我想想。"

　　闫四到侯大少爷的大院时，月钱又加了十两银子。侯家大少爷为何出那么多钱？全因把鹌鹑的学问大了！擅斗的鹌鹑要从野鹌鹑中经过捕、选、喂、把四道大关。单说这喂吧，要与拳工相结合，鹌鹑本为争食而打斗，必须从喂食入手，通过撑、闪、截、叩、虚、实、寒、热八法来控制它。撑，把嗉子撑大容易多吃；闪，闪开，使嗉子的食不积攒；截，该喂大食时用小食截一下；叩，见其膘大喂食时叩一点；虚，使腹内空虚无油脂；实，把膘扎实，积蓄斗时的力量；寒，让其受寒，下绿粪；热，让其伤热，经磨砺。

虽然都是这八法，但用起来却大有不同。闫四的绝活就是白天有白天的喂法夜里有夜里的不同，大食长拳粗把、水食短拳细把，经他喂把过的鹌鹑见食就吃，闻叫就来，见人不溜，见物不飞，任何环境都不惊不惧、勇猛擅斗。闫四到侯大少爷家三年，侯大少爷的鹌鹑在药都没有输过一次，侯大少爷赢了多少财产已不好说清，闫四也有了自己一份殷实的家产也不必说，闫四高兴的是自己的称呼已从四儿到闫四再到闫四爷了。闫四爷到侯家的第四年，侯家老太爷去世了。大少爷和母亲只用一处宅院、五十亩薄田，便把二少爷和他丫环出身的母亲莲花打发了出去。

闫四爷许是看不上大少爷这般薄情，就常常到二少爷的院里，帮才十二岁的二少爷指点指点鹌鹑的把法。天长日久，闫四爷与莲花的关系也就越来越近。把鹌鹑的秘诀，关键在于给鹌鹑洗大澡、小澡、拿潮。洗大澡必须在喂大食的第二天正午，第三天夜里还要洗小澡，第四天夜子时还要拿潮，这三个环节尤以拿潮最难。一般人都是用热清水，而闫四给二少爷用的是露水，且用手上的内功在大碗中把水攮热。又一个三年过了，侯家二少爷也成了药都斗鹌鹑场中的高手，虽不能像大少爷那样十斗十赢，也能十斗八赢了。

这一天，吊桥茶馆挤得水泄不通：西门侯家二少爷与大少爷对阵。斗场内两只鹌鹑刚一放出，圈外人便齐声叫好，只见：两只鹌鹑全是斗中极品，团形如拳、长形如梭，头宽顶细，身子一动骨骼软如棉、坚如钢，翅膀稀、羽毛薄；再细瞅，大少爷的鹌鹑白胡红额、眼金黄、眉正黄、群毛紫、腿干枯、爪心黑、声若沉雷；二少爷的也是稀品，红胡黑额、绿眼、翅青、群毛淡黄、腿白、爪灰、发声尖利。打斗开始，只见两鸟来往如梭，嘴腿并用，跳跃腾挪厮杀叮拧……太阳偏西时分，三局见出分晓：大少爷眼望着银票被二少爷收走，扭身冲了出去。

大少爷这才信了闫四爷与二少爷之母莲花有染的传言。但他深信"人为财死，鸟为食亡"这句古话，一咬牙，把剩下财产的一半写成契约交给闫四爷说："我不问你与那女人有何瓜葛，把你的绝活传我，这是契约！"闫四爷冷笑一声："绝活是有，只是价太低了！这些钱只能告你方子！""你说！"大少爷两眼喷血。闫四爷把契约装到怀里，走近大少爷低声说："斗前的最后一次拿潮，要用头年三九天里的冰琉璃水洗，且要自己手上的内功把水攮热……"话还未说完，一股鲜血就从闫四爷的胸前喷出。

　　手握尖刀的侯大少爷，抬头一见窗外那双眼睛，就直愣愣地定在了那里。

虚子非

虚子非一到药都，就直奔东顺城街的张记瓷器店，去见老板张洪宣。这一天，正是光绪七年九月初九。

叩门。开门。

张洪宣见是远道而来的白衫青年，问道："何事？""张老板可记得十二年前你在扬州买一只青瓷花瓶时，一位少年给你说的话了？"张洪宣摇摇头，毫无印象。"我曾对你说，光绪七年九月初九我来府上看此瓶。"白衫青年说罢，张洪宣想了片刻，终于想了起来，遂把青年让入客厅。白衫青年落座后见那只青瓷花瓶正摆在条几上，完好如初。两人便谈起瓷器话题。一杯茶后，青年正要起身告辞，突然当啷一声，张洪宣扭头一看，刚才那只花瓶碎在了地上，一只老猫惊跑出门。张洪宣连声叹道："可惜！可惜！"白衫青年哈哈一笑："不必足惜！"说着，起身过来，弯腰捡起一块碎片，递给张洪宣，"你看，十二年前你买这只花瓶时，我就断它要碎，并暗暗刻字为证！"张洪宣接过碎片，果见一行针刻小字：光绪七年九月初九午时老猫落梁毁此瓶。

这白衫青年便是虚子非。第二天，街面上就有人在传：扬州神算虚子非到了药都。不久，虚子非便买下了夏侯巷一处四合院，门前挂着瘦金体红字："虚子斋"。接着，便有人来求虚子非卜算，虚子非笑而拒之。后有人从张洪宣口中得知，虚子非说："药都地脉原自西来，其势如卧牛，虽曾做过三朝国都，出过老庄华佗等无数伟器人物，但地气仍旺，许多外地高人都在此修炼。我来药都怎敢卜算，只为修炼而已。"时间一长，也没有人再来求他。他亦行云飞鹤一般，一年并不能在夏侯巷的虚子斋住上两月，其余时光，便四海云游。

虚子非虽不曾给药都一人卜算过，但他的神算总是让药都人惊羡不已。宣统登基的第十天，他回到了药都。一月后虚子非离开药都，街巷中的小孩便唱起了："身穿一裹严，头顶小磨盘，小孩坐了地，不过二三年。"大人们一问才知是虚子非教的。两年之后，宣统果真退位。药都人无不称其神。袁世凯称帝一月前，药都孩童又在传唱虚子非的话："咯咯丫，二百八，鳖羔坐天下，九九滚回家。"袁世凯退位，药都人一算，更是称奇，"大清朝咯咯丫坐了二百八十年，鳖精转世的袁世凯不正坐了九九八十一天吗！"于是，到虚子斋求卜问卦的更多，但都被虚子非婉拒，没有一个人得虚子非片言只语。

流年如水，已是老年的虚子非再次让药都人领其神算：日本投降的前一年，街巷的孩子又唱起虚子非的谶语："南有雀（美国），北有鹅（苏联），金鸡叫，日崩落。"第二年正是鸡年，日本果真投降。药都人没有一个不称虚子非为神人的。许多人再次来求虚子非为其卜算，终有人传出，这一次虚子非口松了一点："药都人待我不薄，眼看战乱又起，药都将遇劫难，就指点一二吧。"

当天，就有人来到虚子斋。虚子非果给卜算了，只是又传出规矩来：每天只卜一人，提前预约排队，卜费为五千大洋，说是募点钱把废了的灵津渡重修。虚子非究竟为人卜算的什么，无人吱声，只见每天均有人在虚子斋门前排队，所卜之人不久便盘店收账，按虚子非指点，离药都而去。

一时，药都商贾人心如火，街市大乱，谁都怕灾难到来之前，不能安全脱身。虚子非实难推脱，便改为日卜三卦。虚子非卜算的第三百天，人们照常在虚子斋前排队，可并不见虚子非开门。日落时分，等不及的人翻墙而过，院内空无一人，神人虚子非已不知去向。

益

爷

刘老益原名刘益生，因是药都受人敬重的名医，药都人便呼他刘老益，时间久了，人们便叫他益爷。

益爷有一个雷打不动的规矩：在药都城乡之内从不到富人家去看病。富人家的病人只有到他的"益寿斋"来，而他对普通人家则有请必到。

这一天，益爷正在城西界沟给一穷人家看病，突然门口有一个面黄如秋叶身瘦似干柴的人在乞讨。主人不耐烦地呵斥："没看俺家里正有病人吗？去，去，到别家去。"益爷一开好药方就问："刚才那人年纪轻轻的，咋讨饭呢？"这家主人说："益爷，这人是前村的刘柱，才二十岁。原先他家也是这城西数得着的富户，十岁那年父母先后走了，这孤孩子就靠卖家产为生，整日游手好闲。现今儿家里只剩两亩荒着的坟地了，长了满地的莎草，他也就在这四邻八乡讨着吃了。"益爷听后，沉吟片刻没再说什么。

　　半年后，益爷被红车子推着来界沟东边的谭沟去给一个孕妇看病，快到村头时突然又看到刘柱。他迈腿从红车上下来，"刘柱，你得了一种病。"刘柱懒洋洋地歪过头问："我能有病？"益爷两步来到刘柱面前说："你得了一种懒骨病，现在急需银子去治呢——不过，我告诉你，你父亲生前有许多金银都埋在坟地里了，因你年纪小，他嘱我等你长大后告诉你，现在你可去刨了。刨出了银子我再给你治病。听说，坟地里长的都是莎草，刨了金银你要，刨了莎草全部拣出来，它是一种药，叫香附子，你把它卖给我。今儿，我先给你点钱，买点吃的，买把抓钩，明儿就开始。"

　　说着，从衣兜里掏出一把铜钱给了刘柱。"真是？"刘柱接过钱就要走。益爷抬手止住他："别慌，还有几句话，一是千万保密，二是不能让其他人帮你，三是莎草一定要拾净，不然你就失信于我……"益爷话还未说完，刘柱就连连点头："益爷放心，我一定照办。"接着，一颠一颠地跑了。

　　当天，刘柱就用益爷给的钱买了米面，买了刨地用的抓钩。第二天，天还没亮，就神神秘秘地来到坟地里开始刨了起来。刘柱人虽然年轻，多年没干过活计，加之身瘦体弱，刨了几下就累得发喘。但为了金银，就是再累也得刨呀。药都有句古话，七天胳臂八天腿，腰练十天累不毁。刘柱刨到第九天，觉得越刨越有劲，到第十天中午二亩坟地就全部刨完了。除了一垛莎草根，可一点金银也没见到。

　　第十一天，刘柱就来到药都城益爷的大院里。见了益爷，第一句就问："益爷，地全刨完了，刨得还深，咋没刨到一点金银呢？""都是你自己刨的？""全是我一人刨的，只刨到了一垛莎草根。"刘柱失望地说。益爷微笑地望着刘柱："不会吧。明天我正好要到界沟给一个人看病，我去看看。你先回吧。"刘柱的脚跟灌了铅一样，蔫蔫地出了益爷家大院。

　　第二天，益爷来到刘柱家的坟地前，见地真的刨完了，刘柱还在不停地刨着。就走到他的跟前道："刘柱，别刨了，金银早被你刨出来了。"刘柱放下抓钩，一屁股坐在紫色的鲜地上，"益爷，这金银在哪里？"益爷拉起刘柱问："刨地还累不累？""不累，可这哪有金银呢？"益爷眼睛笑着说："你看，这一垛莎草根，你把它摘了卖给我，就是现成的金银；这紫色的土地，种上庄稼就是将来的金银；你干活不累了，就是永远的金银啊！"刘柱突然明白了过来，笑道："那我的懒骨病也好了！"

　　益爷望着前面绿油油的庄稼，没有言语。

高腿施清

康熙年间是药都最繁盛时期，全国药商云集于此，豪商巨贾比屋而居，高舸大舫连樯而集。山陕会馆内住着一位山西药商谷万伦，家财万贯，但只有一女，宠爱放任，芳名谷婵，人称谷大小姐。

这一天，谷小姐避开女佣，穿街走巷到药都最热闹处——大隅首。百步之外就见一英俊年轻人高出众人三尺，肩挎白布褡裢，口吟手舞，人们翘首喝彩不绝。谷小姐来到人墙外，这人突然消失落地。挤进人墙，只见众人争相买他的圆形骨盒。有人打开，谷小姐方知是粉香扑鼻的红胭脂，于是她挤上前去，把剩余的几盒全部买走。第二天，谷小姐又按时而来，但只买到剩下的两盒。

一连几天，谷小姐渐渐从众人口中得知，这卖胭脂的年轻人叫施清，其祖上乃明宫专制御用胭脂的粉官。这种胭脂系由干燥的雌性胭脂虫经用纯碱、明矾、酒石酸等独特处理沉淀而得，且这胭脂虫非母体成熟后僵化固着于仙人掌上的不用，其质如凝乳，色若红云。谷小姐不仅爱其胭脂，更喜欢年轻人的模样和他脚上缚四尺长细木御空而行的神姿，每天必来，每来必买。又一天，谷小姐到来之时天尚微明，她便把施清的胭脂全部买下，共二十盒。施清收钱时小声问道："小姐为何每天都买，家里有多少人用？"谷小姐含笑良久，说："难道你不知我心，明夜山陕会馆东院红楼等你。"不等施清应诺，谷小姐已翩然而去。

当夜子时，施清缚长木翻墙而过，来到红楼，谷小姐欢悦难已，竟骤然死去。施清大惊，偷偷逾墙逃离。谷家二老发现女儿死去时已是第二天午饭时了，一时间山陕会馆花草无色，只有哭声。

送谷婵入棺，母亲见小姐床头有个檀木箱内尽是胭脂，断定其死与胭脂有关。经女佣指明后立即去州衙将施清报官。施清被带到州衙，和盘说出实情，并要在入狱前去见谷婵。州官见施清也是真情，就允了下来。施清来到山陕会馆谷婵床前，扑地大哭："如果人死了真有魂灵的话，你就等着我吧……"谁料，谷婵乃是喜极而至晕厥，此时竟慢慢复苏，继而翻身坐起，所说经过与施清供词如出一辙。于是，谷万伦便按女儿心意，择吉日成婚。

婚后，施清自然不再卖胭脂了，但仍喜欢在脚上缚细木做各种表演。让人叹奇的是，施清六十岁上仍能在八张方桌叠起的高台上，表演各种动作，且能双手捧一簸箕米簸折而米不撒，人送绰号"倒箕米"。

施清与谷婵一生有子女七人，且人人喜爱父亲的做派，脚缚细木舞之蹈之。后经百年演习，竟成了一独特舞蹈剧——高跷，风靡药都，施清也被人们传为高腿施清。

王学

在药都，人精就是活成了精的人，比一般的精明人不知要精明多少倍。据说，人精一词始于二桥口粮坊的学徒——王学。

王学从乡下到二桥口粮坊当学徒时才十二岁，瘦瘦的脸腔，倒像二十岁的人，说话一字一板，速度极慢，但中间的语音却紧紧地连着。贵人语迟，这句话就可以用在他身上。他手脚的抬动很稳很沉，有点上六十岁人的感觉，但反应的速度极快，你觉得他正要跪下时，他头已磕在了地上。粮坊的陈掌柜见他时，看了好半天，终于对管家说了一句话："留在我身边使唤吧。"

王学确是生来的精明灵巧，十二三岁的孩子比多年的老管家都令掌柜的满意：刚想喝茶，紫砂壶就送到了嘴上；刚想擦汗，毛巾就递到了手上，而且想要多热就是多热的；刚想吸烟，着了火的水烟袋就托了上来……总之，只要掌柜的想，仅仅是刚想，王学就把事给办了。至于对客商的轻重冷热，掌柜的嘴巴歪歪，事情就刀光水滑地过去了。掌柜的常说，王学这孩子的心就是跟我连在了一起。

这等人可以说学啥会啥，就是不学也能看会，虽说王学没正经上过学，但他看着看着，二十岁上就已经能写会算了。这自然会派上大用场。进二桥口粮坊的第六年，陈掌柜把老管家给辞了，王学顶了上来。他管账后，无论陈掌柜啥时打开账本，往来结存都子丑寅卯一清二楚，一笔笔齐齐整整。他的手眼就是一张网，粮坊的事，只要是水，再急也流得过去，只要是鱼，哪怕是一丁点儿也休想流出。他的悟性极好，顺势应对见貌变色都有特长，他懂得了其他生意人一辈子也搞不懂的许多事；他的主意很多，眼眨一眨就有一个主意；他很精细，一丝一缕一分一秒都成了他反复权衡的事。粮坊的许多人都觉得王学应该做掌柜的，掌柜的对他也挺感激，月钱一加再加，比前任管家多出了三倍……

可五年后的一天，掌柜的要给王学一笔钱，要他离开二桥口粮坊，理由当然是冠冕堂皇了："王学，你能单立门户了，一定比我做得还好。这笔钱你做个铺底吧。"王学扑通跪在地上："掌柜的，我没想过，我要在粮坊干一辈子。"掌柜的弯腰扶起他，说："你心里这样想的，但你天生就是当掌柜的料，就这样定吧。"

一月后，二桥口又多了一家粮坊——长兴粮坊，掌柜的就是王学。王学的生意自然不错，几年后就成了药都前十名之内的大粮坊。又一个十年过去了，长兴粮坊的生意却眼看着一天一天的不行了。有人说，王学当着人的面用手劲可将粮食多量少量；更有人传说，他冲米能使米粒竖立，斗内虚松，冲米十担能多出数斗。有的人不服，买过米到知州大堂，用公案上的签筒（每衙只有一筒，平时作州官的令剑筒，关键时作为官府为斗斛纠纷较斗之用）较量。王学当着州官的面把竟把九成筒又冲成了尖筒，州官也无可奈何。

又过了几年，长兴粮坊几乎没有了生意。王学就改开盐坊，可来的人更少，盐比粮贵得多，都觉得王学的盐坊有花活。

这一年的这一天，快五十岁的王学再次来到二桥口粮坊陈掌柜的榴花厅。当他叙说了自己的苦衷时，已近七十岁的陈掌柜沉了很长时间，然后一字一句地说："人到精明不精彩啊！你真的货真价实，别人会说你有更大的虚头，街面上都说你活成人精了。"

从榴花厅回到家之后，王学就一病不起了。床上，他反复想也不懂这个理：我王学一昼一夜都成功，为啥合起来这一生就不成功呢；我明明是一朝一夕都没吃亏，加起来咋就没有得到好处呢……

据说，人精王学就是在这絮絮叨叨中离开人世的。

郝
六
爷

　　郝六爷长吸了一口鼻烟，鼻翼忽闪了十次，才猛地打了一个喷嚏。四子赶紧把热喷喷的白毛巾递过来，郝六爷焐了一下向外渗泪的眼，又长吸长吐了一口气，才睁开两只干鱼眼，扫一眼门外的钱鬼子，长叹一声："鬼市啊，恐怕晋昌泉的日子不好过了。"

　　坐落在爬子巷的晋昌泉钱庄，是山西平遥日升昌票号最早在药都开的钱庄。郝六爷当初来药都执掌晋昌泉时才只有二十多岁，现今还没到五十岁，药都城的钱庄票号呼啦啦长出了三十三家。晋昌泉钱庄是只为山西在药都做生意的人办汇票的，后来也开始买卖银元，再后来经过药都商会的特许率先出了庄票。有了庄票，晋商们就能用庄票购进大批药都特产运往山西，卖了钱再买回货物运到药都，两头赚钱且无银钱路上的风险。

　　这一点，药都其他钱庄的老板只能看在眼里急在心里。这世道钱是为有钱人准备的，晋昌泉钱庄底子最厚、信誉最好呀。

六窗歙源二高九鼎

地上有走不完的路
市上有赚不完的
钱晋昌泉从来
不眼红别人赚钱

昌泉的郝六爷知道
这事后，只是一笑：『地
上有走不尽的路，市上
有赚不完的钱。晋昌泉
从不眼红别人赚钱！』

药都其他钱庄的人每每看到晋昌泉第一道大门两旁"东西南北客流万里，春夏秋冬财汇咸通"的对联，心里就有一种说不出来的味道。

药都的钱业市场是郝六爷没见过的鬼市：银子和银元的价格一天能有十个价。这一天，能有三宗大的银元买卖，各钱庄就会有六七种价。于是，各钱庄不得不派出"钱鬼子"去其他钱庄和市面上随时打探银价，并到商栈码头买卖汇票。大的商家店铺也不得不派人专门打探钱庄的银价，以此来调整物价。

民国三年冬天，南门大街富户宋静斋的独子被土匪架走，土匪送来传票：交三麻袋银元回人。宋家便立马到晋昌泉钱庄买银元，以一吊八一两的价一次买走了三麻袋银子。当日，银价涨到二吊五一两。可宋家独子夜里趁土匪不备偷跑了回来，第二天宋家把三麻袋银子以两吊五的价卖了出去，宋家猛赚了一笔。晋昌泉的郝六爷知道这事后，只是一笑："地上有走不尽的路，市上有赚不完的钱。晋昌泉从不眼红别人赚钱！"

民国十四年是晋昌泉钱庄的大坎。入了秋，郝六爷要回平遥日升昌述职，便把钱庄的事暂交给四子了，此时的四子已被呼为四爷了。可就在这一年的十月，土匪孙殿英勾结药都土匪进城烧杀洗劫十八个昼夜。西河滩、爬子巷、南京寺各街三十三家钱庄票号无一幸免。晋昌泉虽然三节院落上有铁网，但后院的钱库还是被洗劫一空。郝六爷回到药都时，孙匪刚离去半月，晋昌泉钱庄的中院三大间"大户室"塌倒一片。郝六爷长叹一声："我郝某命苦啊！"原来，郝六爷此次去平遥，大东家已根据他的业绩把晋昌泉的六股给了他，也就是说郝六爷成了晋昌泉钱庄真正的大掌柜的了。

药都毕竟是药都，市面很快就恢复了起来。商会要求钱庄票号按比例兑现汇票和庄票。三十三家钱庄票号只有三家呈兑的，其他票号大约只能十兑三，而晋昌泉却挖出倒塌的中院内的三间大户室屋内的黄沙，从地窖中扒出银子，实兑了所有庄票和汇票。郝六爷毕竟是郝六爷，当初他在修中院时，夹墙内全填了干沙，以备特殊情况把屋子点火，把墙砖砸开，沙子自动漏出掩埋地窖。这是药都其他钱庄都不知道的事。这是题外话。

当晋昌泉其他人劝郝六爷不必实兑时，郝六爷指着后院门上"大富启源一言九鼎，汇通环宇片纸千金"的对联说，"我郝六爷只要有口气就不能改了这一言九鼎！古语说，空如有，我晋昌泉要的是字号百年不倒。"

你现在到药都，所能看到的钱庄博物馆就是晋昌泉了。蜡塑的郝六爷仿佛正话语出口……

李佩吾

　　清朝末年，药都出了个昭武上将军——姜桂题。他的几个儿子一色的纨绔子弟，最好京戏。为此，特从江南请来土木名匠，费了三年时间建成一座规模可称当世无二的戏楼——大观楼。

　　大观楼高五层，在药都除薛阁塔没有比它再高的了。因薛阁塔在城南，大观楼就成了城中的一个尖子，每到傍晚，就会有一群群的鸟儿从四周向楼顶飞去。这样一来，在大观楼南面的育才学堂就显得低矮和寒碜，药都好事者见鸟儿每每从学堂上空向大观楼顶飞去，就觉得学堂没有风水，感叹学堂出不了大人物。

　　日本人侵占药都之前，曾用飞机轰炸古城。薛阁塔在城南，又是孤零零一塔，自然不是轰炸的目标。大观楼呢，在城中尖尖地挺着，下面又是一群黑压压的院落，就成了轰炸的中心。

　　这天早晨，私塾先生李佩吾正在位于大观楼南边的学堂里教书。忽听一声巨响，大观楼上蹿起了丈把高的火苗。走出学

到了第三天，李佩吾依然没挂，而且愤然书写一副对联贴在门上：『门前有国土，不能竖降旗。』

堂，但见日本飞机只有树梢高，炸弹不停地落下，男女老幼死伤无数。

"强盗！倭贼！"

说罢，李佩吾砰然倒地。烈火之中，大板呵喀喀响了两天两夜。

自此，李佩吾卧床三月，在家人的悉心照料下，终于缓了过来。

进了学堂，李佩吾第一句话就是"谁读过岳飞的《满江红》？"

众学生一个个起立："我读过！"

"好，还我河山，就在你们身上！时下国难当头，好男儿要学班超投笔从戎。"李佩吾一字一板地说。

自此，学堂成了练武场。

李佩吾是学过武的，其祖上曾是姜大帅在京师的卫队。李佩吾带领学生习武的消息传出后，药都武林界就很吃惊，在药都武坛没有李佩武这号人啊，竟敢开坛教武？没拜码头呀！这一日，哈三爷突然来访。哈三爷是药都闻名的武林高手，也是武林谁也不能轻瞧的角儿，李佩吾当然也知道。哈三爷果然不凡，李佩吾出门相迎时，一伸手，中指上的翡翠扳指就被他捏成碎末，飘在地上。李佩吾哈哈一笑，手一用力，自己竟矮了几寸，哈三爷朝下一瞥，倒抽了一口冷气，李佩吾的脚已沉下了半尺。

哈三爷从李佩吾院子出来时，一只燕子倏地飞来。哈三爷手向上一动，燕子竟攥在了手中。李佩吾呵呵一笑："三爷好身手！"哈三爷抻平右掌，笑了笑说："小日本哪抵飞燕！"

不久，药都时常发生日本人被杀的无头案。只把山本小队长气得哇哇怪叫。

后来，日本人下令三天之内药都家家挂上日本膏药旗。谁敢不挂，就放狼狗咬。

到了第三天，李佩吾依然没挂，而且愤然书写一副对联贴在门上：

　　门前有国土
　　不能竖降旗

日本人自然不能放过李佩吾。把他抓了起来。

过一天，日本人在李佩吾嘴里塞了棉团，挑了他的脚揽筋，拉到大隅首示众。

山本小队长一阵呜里哇啦之后，一狼狗向李佩吾扑来。肉一块一块地被撕下，血顺腿流了一地。被押来的药都人都捂脸抽泣时，李佩吾突然大喊：强盗！倭贼！

喊毕，放声大笑不止，直至断气。

李佩吾死后，依然昂首站立，怒目东方。

药都人无不叹息："李先生应该能走的呀？"只有哈三爷独自落泪："李先生只有死啊！"

苗
大
马

古城必临水。药都依涡河。

古药都城坐北朝阳，依河北岸，风水走向由西向东，暗合涡河水流。因此，每任州官上任均要顺流而来，然后登灵津渡古桥，沿宋真宗谒老子之路进州衙。

这一天，药都的衙役、捕快及乡绅富贾，从早到晚，却没迎到新任知州朱之琏。原来，朱之琏一行却走了旱路，且到了药都北边的归德府，就换上便服进了药都城。朱之琏这般做也是无奈，出京城时翰林院的同榜进士就为他捏了一把汗：药都有一位千岁王玉尺，因其母亲是当朝皇帝的奶妈，竟恶事做绝；四任州官都想除他，结果两人送命两人降职。朱之琏只一天时间就掌握了王玉尺的累累恶行，除王之心铁定。

朱之琏上任之后按照官例先去拜访了城里的宿老士绅，但唯独没理王玉尺的茬。访礼已毕的第三天，朱之琏即令衙役抬出放告牌。随后，告状的百姓涌向衙门，告状的状子飞进公堂。

王玉尺得到消息，猛地甩了烟枪，大笑不止："谅他朱之琏也不敢动我一根汗毛！"话音刚落，两捕两衙来到王玉尺府上，说朱知州要他去一趟。王玉尺就要喊轿，却被四人上了铁锁。

王玉尺被带到大堂，哪肯下跪，并破口大骂："胆大狗官，敢把千岁爷锁到公堂！你有几个脑袋！"朱之琏把惊堂木一拍，厉声喝道："王玉尺！你自称千岁，目无王法，恶行累累，本官尚未开审你却咆哮公堂，辱骂皇帝命官，该当何罪？衙役们，给我先打三板！"众衙役长吼一声，将王玉尺按倒在地。

只见一个一头白发的老衙役，吸了一口气，两只筋骨突起的瘦手扬起板子，朝王玉尺的屁股尖中间猛地一板下去，王玉尺一声未响地软在了地上。这衙役是药都的老衙役，其板功甚绝，一抽裆之板可以置人死地，一百个抡圆的响板却能使一块水豆腐毫无损伤。朱之琏亲请，才强为出山的。

王玉尺之死很快被报到京城，不久朝廷发出话来：王为皇亲，有罪，州官只能上报不可问刑，责御使胡绩业赴药都亲查。胡御使一来，朱之琏定遇不测，药都人均为朱知州担心不已。

这时，本文的主人翁苗大马，该出场了。

苗大马本是一专打劫富商的强人，因药都人称强人为"大马子"，就有了苗大马一名。关于苗大马传说很多：有人说他专打劫富人大商，但对穷人颇有善心；有说其人武功超绝，飞檐走壁；有说他是一个风一吹就倒的大烟鬼……总之他是一个神秘的人物，没有人知道他及手下住在什么地方，没有人知道他是药都本土人还是外来的强人，更没有人见到他的踪影。官府也曾多次捕拿却杳无消息，连他究竟是否姓苗也不能肯定，只是他每次做过活后总要留下写有"苗大马"三字的纸条。

天快黑时，胡御史一行四人，刚到药都北百里的归德府北门外，突然被一伙强人蒙着眼，劫了。胡御使被人除去蒙眼的黑绢布，揉揉了两眼就被眼前的场景惊呆了，一个眉清目秀的青年弯腰请安："大人受惊了。在下姓苗，秀才出身，也干过打富济贫的事儿，人称苗大马。几位大人先歇口气。上茶！"说罢又拱手道："胡大人，这边抽口烟。"说罢就搀着胡御史来到左边的躺椅上。

苗大马也在胡对脸的躺椅上躺下，用烟签子挑了烟膏，在烟灯上拧着烧了三圈，就把一粒上尖下圆的烟泡安进了烟斗，按紧扎通，双手递给胡御使。胡接过烟枪，点了点头，把烟斗凑近烟灯，沙、沙、沙……连续不断均匀地吸了十五口，就把烟枪从嘴边移开，紧闭着嘴，眯着双眼，一动不动，良久，才哈的一声张开嘴嚅出一口青烟。

胡御使睁开眼时，就接过苗大马递过的金桑丝茶，湿了湿嘴唇，转过脸对苗大马说："有话？说吧。"苗大马直着身子，笑道："我虽入了绿林，但良心还有，此次请大人来此只为药都朱知州一案。我虽与朱之琏了无瓜葛，但钦其正直及为民除害之胆略，只请胡大人回京复命时手下留情。"胡御使又压了一口茶，冷笑道："如果我不呢？"苗大马道："大人是个明白人，不要说我不会罢休，就是朝廷也会治你通匪！"胡御使站了起来，朗声道："痛快！送我走吧。"苗大马就直了腰，向着胡御使说："这是曹操留下的地下隐兵道，已无人知了，大人还要再委屈一下。"说罢，弯腰一揖，"请吧！"

胡御使见到朱之珽的第三天就起程返京了。不久，朝廷来了一道圣旨：鉴王玉尺多行不义，朱之珽审讯时虽有不妥，但情有可原，着朱之珽勤政安民……朱之珽果按朝廷所言，在药都兴文教，建学宫，举农桑，修灵津渡，减赋税，惩恶扬善，六年后迁安庆同知。离任前一天，苗大马为他送行后，竟中毒而殁。此事让药都人颇为不解，甚而有人为苗大马不平。光绪二年，药都大饥，人相食。朱之珽奉令来药都办理赈灾事务，他千方百计为民赈捐，救药都众民于死难之中。后来，药都人捐银出工给他修了祠堂，名曰"朱公祠"。

而今，朱公祠依然巍立于药都城内，且"能断油，能断盐，不断朱公香火钱"之说，仍流于药都。

张希申

在药都商号店铺挣饭吃的人都有一怕，那就是怕掌柜的"说话"。掌柜的"说话"，就是找下面的人谈话，说说干得如何，告诉你是去是留，是加薪还是减薪。一般的商号都是春节"说话"，而泰和公绸缎庄掌柜的张希申，却是一年三节都"说话"。干活的人一年到头都提心吊胆的，生怕被辞退。泰和公给的薪水也多，这就叫它的伙计们更不安。

年根底下那几天，泰和公的伙计们谁都没有多少话了，一个跟一个较着劲地忙。想停下来也不行啊，出一群进一群的人不断，谁也没想到生意会这么好。除夕这天，掌柜的张希申说，绵绸洋纱绫罗锦缎土织丝葛，所有存货都卖完了。泰和公不得不关门了。关门后，伙计们都等着掌柜的"说话"，可张希申却早早地安排厨子做好了四桌子大席。席间，张希申声音很慢地说，今年各位干得都不错，我就没有话可说了，要说，也只有一句，那就是明年每人加薪两成。这一天，真是泰和公最畅快的一天，酒喝到有人放开门炮时才结束。伙计们给掌柜的张希申拜过年后，才喜气洋洋的各自回家。

伙计们都回去过年去了，张希申才真正地露出喜气来，但喜在眉梢，并没有表现在脸上。他是不愿意也从不让伙计们看出他的喜怒的，整日就是那张无喜无忧无怒无乐无愁无闷的脸，伙计们没有人能从他脸上看出个子丑寅卯来。今年，张希申不可能不喜，就是他城府再深也不行，因为他今年后半年的生意比前三年的都强，看着白花花的银子，没有人能不动声色的。

泰和公后半年的生意，好就好在张希申脑子好使上。年初，日本人还在药都耀武扬威的，春天国民党新五军就打了过来。夏天，日本人向北退到一百里外的归德府，新五军向南撤到一百二十里的界首县，药都就成了夹缝的商城了。各商号的货向外走不出，进又进不来，商业就死沉沉的。但衣食住行吃喝玩乐的商业却突然兴旺了起来，一是药都富人多，二是钱不花谁知道哪天是日本人过来还是新五军过来，民国十四年匪军孙殿英进城，药都人吃过"丘八"的亏呀，都怕钱打了水漂，谁不大手大脚的过一回呢。这样一来，张希申就看到了商机，泰和公一定有好生意做了。

多年都是这样，泰和公绸缎庄都是从本埠的大布庄进货，药都所有批发的布庄都与泰和公有生意。泰和公讲的是薄利，论单件赚的比别家都少，但靠的是量大。它从上家布庄批货都是半年一结账，布庄也都不怕它赖账，而且都是送上门来。

　　这样好的信誉和人缘，要从民国十四年土匪孙殿英祸药都说起。那年，孙匪窜至药都，泰和公因为门面大而高，受害最深，十五间店面焚烧罄尽，所欠各布庄的货款就达银币两万元巨额。张希申大病一场后，决定破产也要还债。他把乡下的四百亩地全卖了，然后把债家们请到一闻香酒楼，按比例各家都先还了一些，余款延期分批归还，此后经营往来仍照前例。四年之后，债务果然全部还清。大乱当头，如此坚守信用，各家布庄从此争相给泰和公送货。

　　张希申就是凭了这一点，暑天开始，几乎把各大布庄好卖的货全都拉到了泰和公的仓库。有些布庄觉得泰和公有些反常，但都觉得兵荒马乱的把货给张希申更合算。最后，张希申干脆就与几家布庄写了条子，某某布庄某某货多少，按某某价已批给泰和公绸缎庄。一入秋，泰和公的生意就热起来，其他的布庄生意也不错。可入冬后，不少布店的老板就抓瞎了，他们都没有货了，眼看着泰和公赚钱，就是没有招。而张希申却在心里乐个不停。

　　正月初六，泰和公的"五虎上将"就齐刷刷地来了。中午，张希申让夫人亲自做了一桌子菜，他要好好地酬劳一下这五员大将。这五人都是药都出名的生意能手，他们能做到"十人进店九人买，一人不买下次来"，服务能做到这个份上，任何掌柜的都不会轻看，何况张希申这等人。举起酒杯，大家都没有沾唇，就等张希申发话，每年的这个时刻张希申都是要说话的。

可今天，张希申没说，仰头把一青花瓷杯九酝春酒喝了下去。见其他人并没有喝，张希申便笑着说：我还是说吧，泰和公今年放生要隆重点儿！

这是药都的风俗：每年到了正月十六，出外经商的人都也走了，来这里的商人也都来了，药都的所有商号都开业了，这也意味着新一年的生意就要开张了。为了祈祝财运亨通，商人们都要祈求上苍的保佑，何况人们经商一年吃够了苦，担够了惊，为了使自己的钱财变得干净，放生一条鲤鱼、一只飞鸟什么的，多少也能换取一点心理的平衡。于是，放生就成了商人每年必做的一件大事，就有了一种无比神圣的仪式。

正月十六，天刚亮，早起的人就远远地看见，一行人极其庄重地从泰和公绸缎庄走出来。前面是二十四个披着红子的鼓乐手；三丈远的后边是张希申，一身新的长袍马褂，手里托着一个黄灿灿的铜盆，盆里是一条打着圈游动的鲤鱼；再一丈后面是张家的子孙们，再小的男孩都得去，再大的女性都不能靠边，这是当时的规矩；再后面就是泰和公三十多个伙计了。他们一个个脸上没有一丝轻浮，神态万般严肃，走在街上，无论遇到什么人都不会打招呼，无论遇到什么事都不能停下来，一行人就是一队出征的将士，神圣不可冒犯。出了东城门，再向北走五百多步，就到了涡河南岸的魏武临涡处，泰和公每年都是在这里放生的。

此时，早来的伙计已在河沿铺好了一方红毡。张希申把黄灿灿的铜盆放在毡上，抖了一下两只僵直的胳膊，转身向南三叩九拜，施了大礼，接着，火铳响了十二响，震天动地的火铳声中鼓锣竽笙钹钗笛呐十八种乐器也响了起来。一曲《放生》响过，岸上遂无声息，张希申又向河水施了三叩九拜大礼，然后，双手捧起铜盆走向下河的台阶，近水的一刹那，血红的太阳从东边照来，一道金光打到河面上，张希申两腕一抖，盆里的鲤鱼倏地滑入清清的水中，折了下头，欢欢实实地游走。于是，岸上火铳又起，鼓锣竽笙钹钗笛呐十八种乐器再次响起，岸上的人都放松了下来，欢欢喜喜的互道着祝福。

而此时，张希申却没有半点喜色，他在想什么，岸上的人依然不知。

关

仪

民国初年，药都上千家经营中药材的商号，数伏波堂实力最强。伏波堂的大掌柜的姓苏，是洞庭湖岸君山人士。生意如何发达起来大多商号也不太明白，只知道伏波堂已在药都经营百年有余了。只是把药都特产白芍贡菊白桑皮向外埠发，并不在药都市面出售一味药材。这就给人一种神神秘秘的色彩。尤其是苏大掌柜，更让人另眼相看，他言语特金贵，几乎没有人见他说过话，即使开口了，也是轻言慢语，与他那颀长的身材绝不相符。

苏掌柜有一个最大的喜好，就是爱喝茶，而且单喝家乡的君山贡茶。君山其实是座小岛，在洞庭湖中，与岳阳楼遥遥相对。岛上大小七十二个山峰起伏叠翠，沟壑回环，一墓一印二楼三阁四台五井三十六亭四十八庙，整整一百个古迹被竹木掩映，远远望去，整座君山就是一幅风光秀美的图画，别具一格地浮立于烟波浩渺的水中。

道教称君山为十二福地。这里最出名的物产就是君山贡尖。此茶嫩绿似莲心，见水若银针，这种贡尖每年只产十八斤，自乾隆以来专供清廷。现在不同了，废了朝廷，大药商苏掌柜就能喝上了。人常说没有好茶师就没有好茶，说的就是茶道。苏掌柜就有一个茶师，姓关名仪，身高七尺，白面女相，儒雅倜傥。苏掌柜在家就专门泡茶，苏掌柜外出，当然苏掌柜是很少外出的，但他外出时关仪就会身佩单剑，手拎一红木方盒，紧随其后。剑是佩饰，佩上剑人显得更为英气，红木方盒中则是一套茶具，苏掌柜出门是从不喝别人家茶的，他一生只喝君山贡茶。

药都是个大商都，什么生意都有得做，什么人都有，什么传言也都有人说。不知从什么时候，关于伏波堂的苏掌柜和他的茶师关仪就越传越玄，有人说苏掌柜是名门望族长兄在大总统府里做官，药材都走到海外了。更让人感兴趣的是，茶师关仪是当今武林高手，说茶师其实是苏掌柜的保镖，有人说见他在月夜舞过剑，那绝对是天下第一剑。这样一来，药都武林就有人想与关仪比上一比，但都不敢出手。药都没有人敢出手，并不能说天下就没有人敢出手了，民国五年，药都武林界终于从千里外长安城请来了一个被称为"西北第一剑"的剑客。药都人许他的条件只有一个，打败了关仪，药都武人给你立庙！可这一切，苏掌柜的茶师一点儿也不知道。

这一日，苏掌柜刚用完早点，茶师关仪正要泡茶，门房

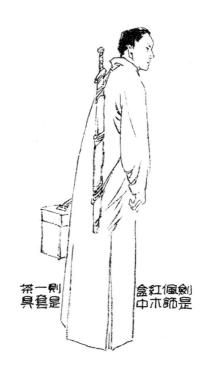

剑是佩饰，佩上剑
人显得更为英气，红木
方盒中则是一套茶具，
苏掌柜出门是一套茶具，
人家茶的，他一生只喝
君山贡茶。

剑是佩饰

红木
方盒中
一套
茶具

疾步来报，大门外有一剑客要见关仪。苏掌柜停了片刻，低声道："让他进来！"剑客步履沉稳地来到堂前。苏掌柜抬眼一扫，细声说："先生找关仪何事？"剑客抱拳一晃，道："在下人称'西北第一剑'，二十年来没有了对手，欣闻关先生剑法超人，特来决一输赢！"苏掌柜又看了一眼剑客："要是不比呢？"剑客一脸轻意说："那我就不离开此处了！"苏掌柜朗朗地笑了："那好吧，关仪你就和他比画比画！""掌柜的，我……"关仪面带难色地说。"就这样定了，先给我泡一杯茶来，对，也给这位壮士泡一杯。"

关仪一听泡茶，立马变成了另一个人，走到左边的茶台前，来茶台前一站，一个清朗、庄严、绝俗、无念的人洋溢了出来。君山贡尖是讲究品与观同步的，因而用的是晶莹剔透的玻璃茶具。泡君山贡尖要有九道程序，每一道都有一个美妙的称谓，关仪静气寂神，一一做来——银针初探，湘妃流泪，龙泉吐珠，针落无声，壶旁听涛，风平浪静，哪里来，竹林摇曳，风流万种。

整整半个时辰，茶才泡好。茶放在苏掌柜和剑客面前，只见：茶叶如针齐聚水面，芽尖朝上，芽柄下垂，随后缓缓降落，竖立于杯底或悬浮于水中，少许芽头忽升忽降，上下交错，蔚然趣观，慢慢沉聚于杯底，芽尖向上，似群笋出土，如刀枪林立，芽光水色浑然一体。端起杯子，经泡过的芽头随水动而散展嫩叶，芽头与嫩叶交角处夹一晶莹透明气泡，似雀嘴含珠，香气清郁而上。

苏掌柜呷了一口茶，微笑着说："关仪，剑客品了你的茶，该你出手了！"关仪似没有从刚才的泡茶中醒来，听苏掌柜的一说，便摘下茶台后的细剑，风一样飘到堂外。见剑客已手握剑柄，便双手相抱："让你久等了。"接着，脱下马衬褂，小心的折叠好，再把金表摘下，放在正中，再一颗颗地解下长衫的扣子，脱下长衫，竖两折，横五折，叠得方方正正，放在与马褂并列处，然后，弯腰扶了扶裤口，拂了拂有些折褶的马裤，再次抱拳相请。之后，从案上提起细剑，慢慢地慢慢地抽出，专注地端详了一下剑锋，静目以待。突然，剑客扑通跪在了地上，低声道："再下无礼了！"说罢，起身向外疾去。关仪却木在了那里。

不知过了多长时间，苏掌柜笑盈盈地走了过来："我料你能战胜他的！"关仪这才醒过神来："掌柜的，我可是不会剑呀！我刚才觉得只是又泡了一道茶。""茶剑同道嘛，你败他靠的不是剑法呀！"

自此，关仪就成了举世闻名的剑侠了，也再无一人来挑战过。

夏侯朴

药都第一大古玩店得数"一绝轩",掌柜的薛五辑,是大画家薛凤仪的后人。薛五辑一不爱喝酒二不爱喝茶三不爱抽烟,就只有一个嗜好,一年四季吃口萝卜,而且单吃八角台的穿心红萝卜。住在八角台的夏侯朴就是专卖这穿心红萝卜的,这样一来,两人就成了"本不该是朋友"的朋友。

药都人喜欢泡澡堂子,四肢泡通泰了,口就燥热,这时就最想吃口脆萝卜。时间一长,不泡澡时也想吃口脆萝卜,于是,吃萝卜就成了药都人的喜好。啥事都有个高下之分,药都市面上卖的脆萝卜很多,有红萝卜、青萝卜、紫萝卜、玛瑙蓝萝卜、落地酥萝卜、入口甜萝卜、蜜汁萝卜,但真正称得上极品的还要数八角台的穿心红萝卜,而且以夏侯朴种的最佳。

八角高台在药都城东南三里处,人称八角台。相传,曹操刺杀董卓未遂,连夜逃回家乡药都,招兵买马,准备起事。曹洪、曹仁、夏侯氏几个兄弟就对曹操说:"大哥,你干吧!我们跟着你上刀山，下火海，在所不辞！"为了表示决心，曹氏与夏侯氏兄弟八人约定在城东八角台上盟誓。曹操取出利刀，割破中指，将鲜血滴在酒中，然后每人斟上一杯血酒。曹操首先仰起脖子喝了一口，朗声道："我曹操与众兄弟结盟起事，荣辱与共；若有异心，天诛地灭，皇天后土为证！"说罢，将杯中之酒泼在台下。台下正巧是块萝卜地，血酒洒在萝卜上。不久，园主发现这棵萝卜穿心透红，尝一口，汁甜味美，便留下作种，从此八角台一带的萝卜都是穿心红。这显然只是传说，八角台一带气候特别温和、雨水格外均匀、土质细如砂粉，品种加环境因素应是长出穿心红萝卜的根本原因。

夏侯朴祖居八角台台南，尽占风雨日月之势，加上种萝卜时间最长，他家的穿心红萝卜就成为极品。他种出的萝卜个头匀称，个个红心，颜色鲜红，如同血染，五指稍用力气，便发出脆响之声，甜如蜜糖，清香扑鼻，夏秋食之消暑解渴，冬春入口润肺清火。夏侯朴祖上就是卖这穿心红的，留下了保鲜的绝技，他家卖出的穿心红一年四季与刚出土的没有两样，细品都能品到刚出土的土甜味来。这样夏侯朴这个卖萝卜的与别的卖萝卜的就大不一样了。他也不摆摊，也不串街走巷地吆喝，就专给药都姜蒋刘李耿马饶汤八大家的大宅门，外加给一绝轩的薛五辑送。日子一长，这八大家的人就都跟夏侯朴熟了，从不讲价，也不论秤，就论个，有的当时给钱，有的当时不给钱，一年三节算一回，夏侯朴每年都能赚到比他想的还多。

夏侯朴给八大家的大宅门送萝卜是为了挣钱，而给薛五辑送萝卜就是为了看一绝轩的古董和薛五辑作画。当然，薛五辑每年年底了总要给夏侯朴钱的，要不要随夏侯朴，这样夏侯朴与薛五辑之间就没有了一点儿买卖的关系，像朋友一样。薛五辑吃穿心红的时候很多，看古董时要边吃边看，画画时要边画边吃，闭目养神的时候也爱嘴里嚼着穿心红，喝酒的时候也要就几口。人爱上啥可不得了，他薛五辑就这个爱好了。这样，夏侯朴来一绝轩的时候，就比到八大宅门的多，有时，一天早晚得来两次。

人一熟就没了戒备。夏侯朴给薛五辑送穿心红送到第十个年头，薛五辑就把一绝轩的镇轩之宝——大画家曹霸的《夜照白》给夏侯朴看了。曹霸乃曹操后人，天宝年间曾因给唐玄宗御马玉花骢、夜照白写生，而被授予左武卫将军职衔，成为三品高官，大诗人杜甫也曾作《韦讽录事宅观曹将军画马图》及《丹青引赠曹将军霸》两诗，赞其画。按薛五辑所说，一绝轩就是因了有这幅真迹《夜照白》才叫一绝轩的。夏侯朴第一次见到时，并没有什么特别反映，只是说画得像。后来，看得多了，就能从骨相神态月光上说上一句两句的，再后来，竟能说到要害处。薛五辑就觉得夏侯朴虽是个卖萝卜的，但懂画，就有一种知音的感觉。人在高处不胜寒呀，薛五辑在药都是公认的画王，平时并没有多少对话的人，即使有人来，听到的也全是好听的恭维话。而夏侯朴就不一样，他总是以一个卖萝卜的人的眼光，谈自己的看法，有好听的，也有指出自认为不足的地方。而且在薛五辑看来，指出的这些不足却很在理。

有一天，薛五辑的雅兴来了，就拿出《夜照白》让夏侯朴看，夏侯朴一搭眼就说："不是前天那幅了！"薛五辑就很吃惊，这是他精心描摹的，药都画界六七个行家都没分出真假来，而夏侯朴一眼就看出来了。现在，他更坚信夏侯朴懂画了。从此，他更喜欢与夏侯朴一道品味《夜照白》，两人能谈到一起去呀。

药都的古玩店不止一绝轩一家呀，春秋斋、多宝堂、雅趣堂、景德公古玩铺……大大小小有四十多家呢。同行是冤家，这话一点都不假。不知从哪一天起，药都古玩圈里就有一种说法，说一绝轩的那张《夜照白》是假的，雅趣堂的那张才是真迹。薛五辑刚听这话时一点都不当真，但时间长了，他心里就有些存不住气了。虽然他坚信自己的这张是真迹，又听传雅趣堂老板想把自己的那幅与薛五辑的那幅都亮出来，让大家瞧瞧，薛五辑就有点不安了。他想见见雅趣堂的那幅，怎么去看呢？一绝轩毕竟是药都古玩行里的老大呀，自己总不能去主动看吧。想来想去，他就想到了卖萝卜的夏侯朴，他懂呀，就让他先探个路。

夏侯朴跟薛五辑是十多年的交情了，当然会把薛五辑说的事搁在意上。可快一年了，薛五辑都问了三次，夏侯朴仍作难地说，还没见到那画。薛五辑也理解，但他也相信夏侯朴是一定能看到的。这一天，夏侯朴晚上来了，他可是从来没晚上来过一绝轩的。他一来，薛五辑就知道有戏，就招呼他坐下。薛五辑一看清夏侯朴的脸色，心里一凉，有一种说不出的担心。果如所料，夏侯朴开口就说："薛掌柜的，那张的大小、成色、画面与咱的全都一样，但我觉得他那张是真迹。""怎么见得？"薛五辑有点急了。"曹霸画马从不画骨，却以皮肉隐骨相，而咱这张马的骨相有点儿突，恐为后人所摹。"夏侯朴虽然声音很低，但薛五辑却听得心疼难忍。

薛五辑毕竟是薛五辑，他在古玩行都滚爬几十年了，他不能让一绝轩失这个面子。当即他就决定，哪怕盘了一绝轩，也要把那张《夜照白》买到手，两幅画在手，真假就由自己说了算数，说不准，最后两幅都能卖上好价钱呢。愿买愿卖的买卖好做，一个愿买一个不愿卖的生意就难了。但世上没有办不成的事，薛五辑最终还是从雅趣堂买回了那张《夜照白》，只不过花了十条金子而已。这个数对薛五辑来说并不压手，所以，薛五辑还是从心底高兴的。吃起夏侯朴的穿心红萝卜，比过去就觉得更脆了！

古玩字画这行就是邪，尤其名人名画，有时一幅都找不到，有时一会儿就出来几张一模一样的，让你难分难辨。这不，一大早，夏侯朴没有挎盛穿心红的细丝竹篮，而是拿来了红绫包裹的一轴画——这也是一张《夜照白》，有人托夏侯朴问薛五辑要不要。这一次，薛五辑真的有点吃惊了。他啥话都没说，就从柜子里拿出自己的两幅《夜照白》，在大案子上摊开了，然后让夏侯朴的那张也摊开，两个人这样比那样瞧，还真的没有差别。调换一下位置，再细瞧，还是没有差别。薛五辑沉默了一个时辰，终于开口了："我薛五辑要了这张还有更多呢！"说这话时，就有点后悔买了雅趣堂的那张的意思。夏侯朴听出来了，就说："不买也好，有些事呀，你自己认为真他就真了。"说着把画卷了起来。

再一年，夏侯朴就不卖穿心红萝卜了，确切地说，药都人就再也没见过夏侯朴了。

后来，有人传说，一绝轩第一张《夜照白》是曹霸的真迹，后两张都是夏侯朴临摹的，夏侯朴用第三张画换走了真迹；有人说，夏侯朴就是曹霸的后人，为了找回真迹都搭上几代人的心血了……

宁天泉

三百六十行，一行只能有一个第一，药都人也就只认这个第一。这样一来，在药都想混出名号，着实不易。药都有"宁天泉"这个名号，全仗着他的宁天泉槽坊和独一份的手艺。

药都不仅是药材之都，同时也是酒乡。公元一九六年，曹操曾将家乡的九酝春酒晋于汉献帝，九酝春便风行全国。明朝沈鲤又将九酝春奉给皇帝，从此，九酝春酒就成了皇宫独享的贡品，平头百姓就没了品尝的份。九酝春不让咱百姓喝，咱可以酿其他酒啊，于是，药都酒业兴旺起来。到了民国初年，光城内就有槽坊一百一十多家。这中间，最有名的要数宁伯仁在老砖街的宁天泉了。酒以人名，人因酒显，时间一长，宁天泉的老板宁伯仁就被人称作"宁天泉"了，宁天泉槽坊也被称作"宁天泉"。槽坊和宁伯仁成了一体。

宁天泉之所以占了药都槽坊的头份，就是它的工艺特讲究。曲为酒之骨，宁天泉的曲就最讲究，把选好的上等大麦、小麦、豌豆，用红石磨磨细了，十六个人身裹白布，把料竟足，踩匀，然后放在温室内发酵，以至曲中间呈菊黄色，只有这种黄菊花心曲才可使用。百年老酵出美酒，发酵池更有讲究。宁天泉的八十八条池子都有三百年以上历史，池底由上而下泥色由青变灰，泥底呈蜂窝状，香味扑鼻，据说两丈三以下才见黄土。用水呢，更为重要，水为酒之血，酿酒河水第一好，宁天泉从不用井水，所用均为涡河南岸的上风河水。虽然后来药都的槽坊有不少家也学宁天泉的做法，但并不得法，学其形，而失其精髓。他们无论怎样着急，就是赶不上宁天泉的酒好喝。

宁天泉酒品很多，但总的可分为两类，白酒和药酒。白酒只有"天泉香"一种，这酒挂盅，倒在酒盅里，酒液高出盅面一钱而不外溢；酒香异常，入路能香十里；酒花也奇多，酒花多少是白酒质量高低的体现，天泉香的酒花多的另一个原因是宁伯仁会制酒花，而且只有他一人会制。宁天泉最多的是药酒。药酒都是从第一次蒸馏烧出的酒中取出头荏子酒，放进蔱里圈一年，去掉暴性，然后用这种酒作底酒，放入人参、党参、甘草、白芷、肉桂、红枣、鹿茸、虎鞭、狗宝、冰糖等十几味中药，再进行蒸馏，这样蒸出来的酒，喝起来清香可口，滋补五脏，越品越有味道。药酒根据搭色不同又生出不同酒种，搭青色叫竹叶青，搭红色叫状元红，搭玫瑰色叫玫瑰露，搭浅紫色叫老虎油。这些酒色调柔和，让人看了就想喝。

都说行行有蔽，酒这一行绝招更多。宁天泉之所以能独占药都头份，就是因宁伯仁保守，许多绝活只有他一人会。他宁家也是这个规矩，只传儿子，而且只有到自己不能亲自干时才能传。这样，宁天泉在酒界就成了受敬的人物，因为谁也不知道他的绝招是啥。在药都做名人不易，难就难在你不仅要有超人之处，更重要的是你的品格得经得起人们的考验。在药都，受敬重的名人一朝变成被人唾骂的事不少，这往往都是此人的德行出了问题。

宁伯仁就是这样一个人。民国十四年腊月，他突然为药都人所不齿。

这就要从豫西土匪孙殿英说起。药都乃千年商都，富庶闻名，孙殿英早想洗劫药都作为发家之本。他多次往来药都，与城内大烟贩子汤云龙、白仿泰、陈益斋等结拜成弟兄，暗商破药都之计。民国十四年腊月八日子夜，先期进城的匪徒百人埋伏于城东门下，与城内孙殿英率的千余名众匪，里应外合破城而入。匪徒进城后，先抢原热河都统姜桂题公馆里的弹药库存，武装匪徒。而后烧杀抢掠，十八昼夜大火未熄，草房尽焚，未及逃出的五万商民死难一万有余，此为后话。

单说宁伯仁。在孙匪入城的第二天一早，宁伯仁与家人和管家十多人，与城内的男女老幼一齐躲在天主堂后沙坑内。这里近千人伏在坑内，不敢仰视。坑前，三五成群的匪徒，或头扎红绿彩带，或头裹白毛巾，或身着绸缎绣花绲边棉袄，手端长枪，向坑内人逼款。他们先从坑内拉出四个衣着好的年轻人，没有逼出钱来，开枪打死。之后，一个高个子土匪就把宁伯仁的母亲宁老太太拉了出来。他们觉得，宁老太太衣着绸缎，气色红润，定是大户人家的老人，她家人也一定在此坑内。先逼后打，宁太太就是一言不发，折腾了一个时辰，这群土匪急了，一枪挑了宁老太太。这时宁伯仁的儿子跳了出来，也被一枪打死，而此时，宁天泉就在坑内，没有任何动静。

众匪走后，此事便在药都传开。虽然，有人认为宁伯仁没出坑，是怕自己死了，造酒秘诀便会失传，但多数人仍以他为药都奇耻，一点都不肯原谅他。市面平定了，宁天泉又开业了，但酿出的酒却没有人肯喝。

这样，宁天泉只得歇业，更不要说留传酿酒绝技了。

核
桃
女

　　现今儿，知道药都盛产核桃的人多。在药都城南七十里的三官有一个亚洲最大的核桃林场，每年结下的核桃一百万斤都多。药都种核桃有二百多年的历史了，这要从核桃女说起，但知道核桃女的事的人少而又少。一是，药都人都避讳谈她，尤其是读书人；二是，这一百年来药都人都犯上吃鸡蛋不问母鸡的毛病；但更重要的是，药都人护短，就把核桃女的事一代一代地淡忘了。

　　核桃女生于乾隆年间，她不是城里人家的大小姐，而是一穷秀才家的闺女，住在城东二里处的凉暑园。药都因是官家和商家看重的风水宝地，在这里安享晚景的人就多。古人比当下人雅兴大，药都水多无山，这些人就筑园为乐。长乐园、南园、松竹园、且适园、庚园、宋园、清课园、懒园、跌鹤园……真可谓百园勃兴。凉暑园是核桃女祖上所修，原是让子女读书所用的。凉暑园的主人原是做买卖的,有了钱就想让后人有功名,这是中国商人的惯例，可偏偏其后人不走运，就是考不取功名。到了核桃女父亲这一辈，家道就败了，李家就只剩下一个空壳了，园子是空的，花木都变成了核桃树。父亲李方域的心也快空了，四十五了仍未中举。但核桃女的母亲和核桃女心里是实落的，她们觉得李家一定能取得功名，就挑起了这个家，让李方域安心读书。凉暑园原来就种了不少核桃，核桃女的母亲就又种了许多，核桃熟了也好赚点钱贴补家用。

凉暑园的核桃有小鸡蛋大，叩开薄壳，核桃仁泛白，油脂似溢，香味扑鼻。核桃女的祖上坚信核桃仁能健脑增智，当初从秦地移来，也是想让子孙们多吃能考取功名。现在只有李方域一个考功名的人吃，是怎么也吃不了的，就开始售卖。原来是有人来收的，但价格低。等核桃女长大了，觉得亏了，要自己去卖。穷人家规矩少，加上这孩子脾气又犟，李方域和妻子也就同意了。

核桃女卖核桃也都卖给读书人。她常去的地方就是学宫、柳湖书院、朱公书院、培英书院。这里的人需要，冷桌子凉板凳的一坐就是一天，脑子不补咋行。再说这里人的文绉绉的，都雅雅地踱着方步，她喜欢。核桃女卖核桃是从不吆喝的，胳膊上挎一个花篮，篮子里的核桃和她一样干净利落，身子一动就脆脆地响。八九月，新核桃上市，他娘把核桃皮剥了，卖鲜核桃仁，其他的月份，就卖干核桃。核桃女一天是能卖一篮的，有时一个书院就卖完了，但她也不多卖，卖完了就在书院里停一会儿，偶尔也能听懂一点儿先生讲解。书院的人也都喜欢她，熟了就没有了拘束。

乾隆十三年秋，药都突然间来了上千名秀才，原来乡试改在药都城了。按说，药都是不能开乡试考场的，要在南京城举办。但药都有钱啊，雍正年间重建了学宫与考棚，这考棚虽说是选秀才用的，可比南京的乡试考棚还要好。更何况这一年，南京大水，淹了考棚，改在药都府也就成了顺理成章的事了。这时，正赶上新核桃上市，核桃女卖得就特别高兴。

乡试的主考官来得更早，住在学宫的正殿里。除作考务，平日间也到各客栈去，看一看应试的秀才们。他每到一个客栈，都见秀才们吃核桃，就有些不解，又不好多问，总觉得药都城就是奇，啥事说成时俗就成时俗。

这一天，他正在学宫院子里散步，核桃女胳膊上挎着篮子来了。核桃女并不惧他，她串学馆书院多了，就知道有学问的人善，说话就很少拘束。一见主考官过来，就说："先生，拿几个尝尝。"主考官傅淳就接过来几个核桃仁吃了，鲜香的味道一下钻进了他的脑壳子里。闲谈之间，傅淳问核桃女一些当地的事，一个考官知道些当地读书人的事是十分必要的。

第二天，核桃女又来了。傅淳昨天吃了一些，觉得脑子很是清爽，就多买了些。第三天，第四天，核桃女每天都来给他送核桃仁。时间长了，傅淳知道核桃女的父亲是一个没中举的老秀才，就想考一考核桃女，其实他本意是想考核桃女的父亲的，他知道核桃女会把答不上来的东西说给她的父亲听。傅淳看一眼射进来的厅堂的阳光，就说："我出一联，你对对看：天上太阳堂内日。"核桃女看了一眼傅淳，答道："面前考官瞳中人。"

傅淳心里一震，好聪明的女子啊！他起身站了起来说："我再出一联你对。"核桃女并没答话，只笑了笑。傅淳说："此地为药都，我以药材出联：架鼓鼓架陈皮半下（半夏）。"核桃女略一思考，就要开口，却突然樱唇又抿。傅淳觉得核桃女对不上来，有点儿得意，两颊向外一动，就要开口笑了，核桃女这时却开了口，"灯笼笼灯白纸（芷）防风"。也是四味药材！

傅淳真的有点儿激动了，在堂内独自儿走过来走过去，嘴里不停自语："奇！奇啊！"突然他停住了脚步，"我再出一联，如若答上，我算服你们药都了！"核桃女微笑着答道："大人出吧，让俺试试！"傅淳望着核桃女，激动地说："玉枝金叶老夫喜。"核桃女的脸忽地红了，她盯着傅淳，声音低低地说："珠顶花翎少女爱。"傅淳大喜……

临开考的前三天，核桃女卖核桃回来，就对父亲说："我在客栈卖核桃，听秀才们都在做这篇文章。你也试试。"说着她把一个小纸条，随手递给父亲李方域。进了考棚，考的正是核桃女说的那篇文章，这一次李方域终于榜上有名了。可不久就传开了，说李方域拿女儿换了考题，传得沸沸扬扬的。出考棚时李方域也没在意，觉得高兴就张口说是女儿让他写的那题。

不久，朝廷派御使来药都查办，李方域自尽身亡，傅淳和核桃女均被处死。从此，药都考功名的风气就一年一年淡了又淡。李方域的几个好友，竟到药都城南七十里的三官住了下来，整日喝酒吟唱，后来也种起了核桃。

红
纸
郭

　　红纸郭全名郭初仁，从咸丰朝十二岁时考取秀才，一直到光绪年间历经三代皇帝却依然是个秀才，年龄却已快六十了。郭初仁虽然屡进不举，但却有一手好字。

　　从五十岁上，他见家中实在难以为继，就开始卖艺——写春联。红纸郭每年照例一进腊月二十就开始写春联。虽说价码比一般人贵得多，但那一笔瘦金体字还是让他忙得腰酸腿痛。贴上红纸郭写的春联，这年就多了几分富贵气。

　　下了雪，结了冰，屋檐下挂了尺把长的冰琉璃，大街上就有了插花的、卖炮的、写春联的——年节就要到了。年节是富人的欢喜穷人的关口。驴市街张高，两只瘦手插在破袄袖筒中，蔫头搭耷脑地在街上晃着，爹生前留下的高利债如何躲过去啊！想着想着，就被人挤来撞去地来到红纸郭写春联的八仙大桌前。

　　红纸郭知他的难处，便说："张高，爷今天生意不好，就送你几副对联吧，今儿都腊月二十八了。"张高见红纸郭要送他春联，脸下的苦色少了几分："这年我是不能在家过了，那昌泰钱庄是不会让我过好年的。"红纸郭没再搭话，提笔唰唰写了三副春联交给了他，并对他耳语了几句。张高半信半疑地眼瞅着红纸郭，离开了八仙大桌。

张高回到家中按红纸郭交代，第二天在院门、房门和内屋门上粘上了春联，然后倒在内屋的破草铺上，睡了。

他刚躺下，昌泰钱庄的讨债人就来了。讨债伙计见未到除夕张高就粘了春联，认定他这年过得挺有心劲的，一定能讨点钱回去。可抬头一望，他便愣了——

上联：人家过年二上八下包饺子

下联：我除旧岁九外一中捏窝头

横批：穷死为止

讨债伙计看罢，气冲头来，大声嚷道：你张高再哭穷，今儿个也得给钱！说着闯进院里。进院子才见房门上也贴着春联，上写着：

父债子还手头紧

主钱仆追命中薄

横批：有命无钱

讨债伙计更气了，一脚踢开房门，见屋子外间没有人，断定张高躲在内屋。正要推门进去，忽见房门上也粘着一副春联。

对联上书：

催马拧枪赛霸王之勇来讨债
仰身酣睡设孔明之计不还钱
横批：逼我拼命

讨债伙计倒抽一口冷气，拔腿回钱庄禀报。钱庄老板知张高后面站着的是红纸郭，自己又是乘人之危放的高利债，只好一笔勾销了这百两银子的债目，认赔五两银子，图个过年吉利了事。

涂
西
医

在药都城没有买不到的药，也没有卖不掉的药，中药材品种齐备得无与伦比，不然咋能顶住药都这个名分，更不会叫药都了。药都之所以成为药都，起初是因着华佗而兴的，医药同源，没医就没药，药都自然是出医生的地方。有牛毛就少不了牛角，这么多医生肯定就会出一些名医。药都的杏林名医，医术高超，各有奇绝，而且多风雅卓然，通诗词歌赋琴棋书画。这也是药都人称名医为先生的一个原因。

树多了就成林，林子大了啥鸟都有。在药都，只懂几味药的药性就挂牌行医的混混儿也不少，人们对这些人总是嗤之以鼻，连"看病的"这个称呼也不给，而是叫他们为"卖药的"。药都是大码头、大商会，啥人都会有口饭吃，这些卖药的过得也可以，碰到病急乱投医的抑或初来乍到的外乡人，也能发笔小财。三天不开张，开张就能凑合着吃三天。西城墙根有家"涂氏诊所"，坐诊老板涂一亭就是这样一个卖药的。涂氏诊所主治花柳病，生意竟还不错。

　　客居药都和外来的流动商人，要占城里人口的六成，且多为男人。有些身处异乡的有钱男人不甘寂寞，四处消遣。这样一来，在药都的风月场所就奇多，西河滩有七条街，天棚街、瓷器街、爬子巷、王家坟这些街上全是妓馆书寓之类。自然，药都得花柳病的男人女人就多。得过这病的人都知道，这种病难受啊，是上天对淫乐的惩罚。涂一亭虽然没有什么手艺，但病人多啊，开业以后生意也一天天好起来。啥事都是一个理，假东西过不了真日子这一关。况且众人的嘴就是生意人的命，时间长了，人们便都知道西城墙根的涂氏诊所治不了病。生意日渐惨淡，有时三天都不进一个人。涂一亭不关门歇业，还有啥招呢。

　　骗人也会有瘾，骗了十年人的涂一亭会停下来吗？不会的。歇业的第二个月，他坐船由涡河入淮水涉长江经黄浦江到了上海滩。半年后，涂一亭回到了药都。这时，走在街头的他已经没有多少人能认出来了：他身穿雪白的对襟长衫，一排化学扣在阳光下一闪一闪地扎眼，头戴无沿的白色圆帽，脖子上挂着剔明发亮的洋铁圈，铁圈下面是一截胶皮管子，正下面吊着一块白金表，白色的金边眼镜也架在鼻梁上……涂一亭摇身一变，成了药都人很少见到的新派西医。

　　一月后，涂一亭的"药都第一西医诊所"，在东城墙根的三间门面里开业了。这天，正是民国十二年农历六月初六，是个大吉大利的日子。有人觉得涂一亭这诊所位置偏了，但涂一亭不这样认为，从来都是病人找医生找诊所的，无论你在哪里，只要他信自会找上门来。让病人多跑点路，反而就显得医生的珍贵与寻医的不易。涂一亭的西医诊所确是药都城首家，且还是以治花柳病为主的，不过这次用的全是西药。

药都人从来没见过这派头，就有几个病人先来了。涂一亭就从口袋里掏出一个中间带红线的玻璃棒儿，用力甩三下，然后叫病人噙在嘴里，这叫测体温。中医是用手摸的，自然就没有体温表的准性大，也没这般隆重。一刻钟过了，涂一亭从病人嘴里抽出体温表，捏在手里，平着眼左右瞅了一会儿，并不说话。接着，他把挂在脖子上的听诊器的两端塞在两耳廓里，把白金表的下端贴在病人的胸、腹部，来回动，动一下就皱一下眉头，病人身上也一紧一紧的，这样又过了一刻钟。病人哪见过这个阵势，这与中医的望闻切断不同，就急，身子紧得厉害。涂一亭却一点都不急，再让病人到四围都罩着白洋布的里间的病床前，褪掉裤子，平躺了，然后用手中的铁钳子左右翻看着病处，然后自个儿走出去。等病人出来了，他瞅也不瞅病人，就说："这病大了，得打六〇六！"病人一听说打针就胆战心惊的，但身上难受啊，也不敢说不打。

涂一亭给病人打针更有讲究：让新招的助手穿着白大褂站在门外，任务是不准外边的来人走动，咳嗽，说话；然后，让儿子涂守业站在身边，自己敲针，吸液，正式注射前要比试三次注射的姿势，然后对儿子说若打中毒了用何药解，针打完了，病人几乎都变了脸色。但六〇六这药比中药药性大多了，打了几天针，一般的花柳病就能被治了。一传十，十传百，来的人就一个连一个的。其实，这药就是今天的青霉素之类，涂一亭用的剂量又大，效果就不会差。但剂量大也有剂量大的坏处，一些体质不好的病人，打过针后就常常发生呕吐。得花柳病的人体质没有几个好的，几乎十有八九打了这针的人都得呕吐。时间一长，不呕吐就被病人视为不正常了。一次，一个体壮的花柳病人注射了六〇六并不呕吐，很是失望，觉得这药在自己身上不灵。涂一亭见此，就说，我忘了加一种药，又给他补了一针阿卜吗啡。这药是强催吐剂，一会儿病人哇哇地呕吐起来，然后千恩百谢地走了。

时间一长，涂一亭被药都人称为神医。他的儿子涂守业却不这样看，心里老琢磨一个问题：真正的西医绝不是这个样子！他就变着法儿说服涂一亭，让他去上海学西医。涂一亭也许是为了将来扩大收入，就同意了。一晃三年，涂守业学成而归。回药都的第一天，他就要求父亲改掉那些个花哨东西，并指出用药的剂量太大，有伤人的危险。涂一亭脸就变了，这三年他不仅赚了大钱，而且成了药都名流，这些规矩怎么能改！

水火不相容的父子俩肯定干不到一块儿去。不久，涂守业的"药都西医诊所"在药都热闹的白布大街开张了。涂守业是跟教会医院学过的，就按正规的规程行医，但生意极差。这让涂守业百思不得其解。开业一周年的那天，涂守业请了药都新有的西洋乐队在门前，又吹又打了一整天，可后来也没有效果。挨到年底，终于关门歇业了。

　　这天晚上，涂一亭来到儿子涂守业的门前，并未进屋，站着说了几句话："新派事物就得讲个阵势，有些人呀，你不骗他，他还偏不信你！"说罢，转身而去。

面周儿

这一天。江宁会馆的两根铁旗杆，在西北风的哨音中吱吱呀呀着不停。山门后的一丛青竹上，缩了头的喜鹊儿吊着一条黑钉样的瘦腿，单立着，从早到晚一动未动。

门房老头儿抬眼望一眼院内棉絮般灰蒙蒙的天，狠狠地骂一句，又他妈一个湿年节！都腊月二十六了，看来正月也不会有好天了。喜鹊听到骂声后，哧的一声飞起。老头儿向下拉了拉帽子，走出门外，手里发着油光的红枣木梆子笃笃的响了三下。这时，白糖状的雪蛋蛋从只有屋脊高的天上细密密的落下来。

笃笃地梆子声虽然从后半夜被鹅毛大雪淹了下去，会馆对面的生意人还是早早地走出了家门。此时，门房老头儿正弯腰扫着，从会馆逶迤而出到灵津渡码头的三行脚印。门房外站着四十多岁一男一女凝目看雪的人。

正月十六早上，江宁会馆对面"昌济米行"左侧一间门前围了一层人。迎门的一块木板上,摆着粉白的荷花、寿桃、蛟龙、玉凤、飞燕、憨猪、猛虎、蹦猴……起初赶早市的人们以为是卖娃儿钱的玩具店,细一瞅,原来是一间没名没号的面馆。门内,灶膛火伸出红舌舔着灶门,锅盖上冒着白汽,灶前那男人没事儿似的抽着烟。面案前,俊俏利落的女人,含笑站立。面团儿到她的手上分不出哪是面哪是手,只见一起一摔,一拉一甩,面团就变成了白细如丝的面条;紧接着两只粉手一合一转,一捂一滑,面团儿仍然又是面团儿了;再一转眼,面团儿在她灵巧的细指上一捏一拧,一蹭一点,或花或鸟或禽或兽或山或峰或石或木或人或鬼……无不活灵活现,让人如梦如幻,如痴如醉。

一时间,这一消息像接连不断的爆竹传遍整个药都城,这条平时冷清的紫云街热闹起来。穷人家买回去或哄孩子或摆在桌上作为装饰,富人家买回后往往不把玩一番也是不忍开口的,有的人家干脆说这不是吃的而是敬的,从不开口吃。时间一长,药都人更为其一二三四的妙处而称奇,那就是:这些面食儿若要存放的话,夏天一个月秋天两个月春天三个月冬天四个月,不裂,不霉,不变形,不跑色,不走味。后来,人们从江宁会馆的门房老头那儿知道这男的姓周,于是,这家没名没号的面馆和这里的面食儿就被药都人喊成"面周儿"。

有这般手艺,生意自然不必说了。何况每到街灯点着的时候那姓周的男人还挎着扁嘴篮子,扯着哑嗓子卖一种麻花。这

原来是一家没有名号的面馆 [印]

迎门的一块木板上，
摆着粉白的荷花、寿桃、
蛟龙、玉凤、飞燕、憨猪、
猛虎、蹦猴……起初赶
早市的人们以为是卖娃
儿钱的玩具店，细一瞅，
原来是一间没名没号的
面馆。

种麻花自然也是药都人过去从未听过和吃过的，通体金黄，又香又酥，进口无渣，存放时间同样是夏天一月秋天两月春天三月冬天四月。但这两口子却很少开口，女的以笑相迎，男的只有在晚上才扯开哑嗓子吆喝："麻——花——子——"

就像人们吃着这美味还总想见识见识这是怎做出来的一样，药都人总爱一边吃着一边打听这面周儿主人的身世。这一男一女只说是江南人氏，至于是哪州哪府从不吐半字，更不要说生平经历了。人们问江宁会馆的门房老头儿同样得不到一句想听到的话："我只知道他们是逃荒而来的江南人氏，街上买鸡蛋何必问是谁家的鸡下的呢。"

于是，药都人凝眉提心地猜测了：有人说肯定是紫禁城跑出来的御厨，有人说看他们那做派定是犯了事隐姓出逃的高官，也有人断言：看他们那一颦一笑一眼一神，绝对是被人毁了嗓子的戏角儿……药都人总是把这事当作闲下来动脑筋的功课。更多的时候则是想从江宁会馆门房老头儿嘴里抠出来只言片语。只可惜，面馆开张后刚满一年，江宁会馆的门房老头儿突然暴死。人们从面周儿两人撕心裂肺的哭泣中知道，他们想知道的东西可能永远是个谜了。

一春一夏一秋一冬的更替，使药都男男女女的心上一天天长出茧来。忽一天，人们发现"面周儿"的一男一女的手脚已没有先前的麻利时，时间快过去了二十年。人们对那面食和麻花儿也没有了往日的热情。就在这时，有关"面周儿"的奇闻再次传开。

　　说这一天晚上，哑嗓子照旧吆喝着"麻——花——子——"沿街叫卖，迎面走来一跌跌撞撞的醉汉。他掏出钱要买蜡烛，哑嗓告诉他卖的是麻花，不是蜡烛。那醉汉蛮横起来，夺过麻花，划火就点，不料麻花噒地被点着了，蓝悠悠的火苗跳着往上蹿，风中的黑夜顿时亮了起来。醉汉竟高举着这燃着的麻花，迎风向家中走去。第二天，面周儿的麻花像当年的面食一样，再次名震药都。

　　不几天，邻近州县的官府富人也接连不断地来药都的紫云街争买麻花。这热闹没过多少日子，药都城又进入了屋檐挂冰的腊月。一个雪过天红的清早，人们吃惊地发现面周儿的那个小院没有如往日一样早早地开门。第二天，小院的门还是紧扣着，雪化了依然没有动静。衙门里的人打开院门屋门，见屋内物什一样不少，只好把门锁上。药都人断定这一男一女是回江南过年去了，毕竟二十年没见他们回去了。

　　春天的红杏伸出院墙时，院门依然紧闭。夏天的青苔爬上了院门前的墨石台阶，仍不见人来。雨过了，风来了，面周儿的小院终于坍塌了，没亡了。可面周儿仍谜一样地让药都人念想到一百多年后的今天……

鼠王

　　鼠王姓汤名格贤，是药都八大家汤显儒的独生儿子。汤格贤长得一表人才，眉清目秀，高鼻阔嘴，宽肩紧腰，举止利落，深得汤家一门的喜爱。可聪明机灵的汤格贤，却很是让父亲汤显儒失望:让其读书，他不入目;让他跟自己学医，他拿起《本草纲目》《千金方》就瞌睡! 平日里,最爱去的就是"升平楼"，最爱听的是《牡丹亭》。

　　眼看着就十五岁了，仍不定性，父亲汤显儒很是恼火。这日，他正埋怨妻子从小惯坏了汤格贤，忽听后院唱起戏文:河东旧族，柳氏名门最。论星宿连张带鬼。几叶到寒儒，受雨打风吹。漫说书中能富贵，颜如玉和黄金哪里? 贫薄把人灰，且养就这浩然之气……这一段是《牡丹亭》第二出柳梦梅的"言怀"，汤格贤唱得最为熟口。父母来到后院时，他依然沉湎在戏文中。汤显儒和妻子见此情景，也未说什么，转身摇头而去。

　　药都有句古话，再烈的马一上笼头就老实，心再野的男人一成亲自会安稳。汤显儒在药都也算是大家一支，自己在杏林名望颇高，很快就给儿子汤格贤娶了一读书人家的女子。这女子也识些诗书，长得温顺，明眸皓齿的，在药都也算是上等的女子了。成亲后，汤格贤真的收心了，虽然还常到升平楼听戏，还早晚唱上两嗓子，但更多的时候是把自己埋在《本草纲目》《千金方》《图经》《微证类》这些药书之中。汤显儒暗喜，格贤这般沉湎于药理，将来定成大器！

世事难料啊，汤格贤成亲三年妻子仍未生养，第四年竟得伤寒死去。汤格贤从此变了一个人似的，埋在屋里很少出门。又过了两年，父亲提出再给他续上一房，他只是笑笑："小生此后不婚娶！"唉，这又是《牡丹亭》中的戏文。更让汤显儒想都没想到的是，这年冬天，汤格贤突然宣布：我要去卖鼠药！汤显儒没有拦他，拦也拦不住呀。说过话的第二天一早，汤格贤就在二桥口南头摆起了鼠药摊。他在这里一出现，立即围了一圈人，这不是汤显儒的儿子汤格贤吗！人围的多了，他就唱起了戏文，还是《牡丹亭》第二出柳梦梅"言怀"一段：河东旧族，柳氏名门最。论星宿连张带鬼。几叶到寒儒，受雨打风吹。漫说书中能富贵，颜如玉和黄金哪里？贫薄把人灰，且养就这浩然之气……

唱过之后，他开始发药，站在前面的，每人一小包。都接到药了，他才用念白的声调说：此为"鼠魂归"，夜里打开，放在门外即可！人们回到家里，找开外面一层纸，里边还有一层，再打开一层里边还有一层……打开第六层时，里面是一个油纸包，打开油纸包，才见里面有一小撮黑如锅灰的面子，奇香无比。人们半信半疑地放在了门外，第二天一早，都大吃一惊，门前竟堆起了一个小鼠山！

汤格贤所配鼠药确是奇特，系四十七味中药合成，半里远的老鼠都能闻到味儿，只要跑到药前定要暴死。他的"鼠魂归"一出现，药都其卖鼠药的就都收摊四散了。几个月后，人们连他的"鼠魂归"也不买了，家里没再见过老鼠，还要鼠药何用！从此人们都称他为鼠王。汤格贤就离开了药都，云游四方去了。但每隔三两年，他总是要回药都的，一是他要看看父母，二是城里又有老鼠了。

鼠王汤格贤回了又走，走了又回，日子就这样一天一天过去了。这次汤格贤回药都后，却没有再走，他已经七十三岁了！人们不见他再卖鼠药，有人去他家买，他就送一包，并不收钱。这样一来，他家总是人来人往的。没人的时候，他还是唱《牡丹亭》第二出柳梦梅"言怀"一段戏，声音已没有往日的清脆了，但色韵更淳更美了！

这一天晚上，药都突然下起了大雪，人们都早早地缩在屋子里。夜半时分，汤格贤的街坊突然听到鼠王汤格贤又一遍一遍地唱了起来：河东旧族，柳氏名门最。论星宿连张带鬼……谁也没搁在意上。

第二天雪过天晴，早起的街坊见汤格贤的院门开着，探头

河东旧族，柳氏名
门最。论星宿连张带鬼。
几叶到寒儒，受雨打风
吹。漫说书中能富贵，
颜如玉和黄金哪里？资
薄把人灰，且养就这浩
然之气……

往里一看，就坐在了地上：院子正中竟堆一起一座方圆丈许的鼠山！当人们扒开一只只大小不一的老鼠，鼠王汤格贤竟坐在中间！

楚羊肉

在药都有这样一个习惯：无论做什么的，只要是做出名份来，人们总是把这人的姓与他做的事联在一起，称呼这人。卖锅盔的穆芳被称为穆锅盔，做泥塑花脸的汪鉴如被称作花脸汪，以搓澡出名的张昌盛被称作搓澡张。住在城西郊西观稼台下的楚三立，以卖羊肉出名，人们就喊他楚羊肉。

楚羊肉所卖羊肉与众不同，他专卖山羊肉，而且从不卖羊下水，只卖那种酱羊肉。他在西观稼台下养着一圈羊，羊杀后，下水和羊脖子都卖给其他人，自己把其他好肉切成方方正正的小块，用小盐腌透，再经煮、炖、薰、炸、烧、卤、酱七道工序，才去夜市上卖。因他做出的羊肉味道鲜美，就成了药都的一块牌子，许多外地的商人都以吃上楚羊肉为荣。药都本城的人更是爱吃，这样，楚羊肉的生意是特别好，又因他每天只卖一只羊，能吃上他卖的羊肉就成了药都人的奢侈。自从州官张齐爱吃上这种羊肉后，能吃上它的药都人更是少之又少。

　　清末朝廷允许用银子捐官，张知州张齐就是用钱捐的官。俗话说，当官不挣钱拉我都不来，何况用白花花的银子捐的官呢。他一到药都，就开始捞钱，那时当官捞钱的道儿没有今天多，他就只有吃了原告吃被告，不扒下你的皮就不罢休。时间一长，药都就称他为"张扒皮"，打官司的也少了，原被告两家都得被扒下皮来，这官司谁还敢打。

　　张扒皮这人是个戏迷，为听戏还打了不少班子的人。他刚来没几天就到"稀音园"去听戏，这一天演的是《官渡之战》。锦袍玉带，粉底白靴，威风凛凛的曹操刚一个亮相，张扒皮的脸忽然变红，大喊一声："把班主传来！把曹操也抓过来！"两人被带到包厢前，张扒皮大喝："为什么演曹操戏？"班主回话："药都乃曹操的家乡，这儿的人都爱听曹操戏。"话未说完，张扒皮又喝道："每人重打二十大板，老爷我从不听曹操戏！"后来，戏班子人才知道，原来张扒皮的爹叫张诱。三国时，有个同名的人曾投降曹操，且那个张诱的寡妇婶子邹氏在军营里与曹操做了临时夫妻，这就仿佛说曹操霸占过他张扒皮的奶奶。相隔千年，他还续这家谱，你说霸道不霸道？霸道的事不只这一件，他对楚羊肉就更为霸道。自从第一次吃了楚羊肉的酱羊肉，他就发下话来：从今天起，只准送羊肉给我，其他人不准再吃！

　　州官都是要夏视农桑的。这年夏天，张扒皮偶尔来到西观稼台，只见楚羊肉的几十只大大小小的羊，在低头啃草。他下轿，弯腰细看，这草种真多呀：有茅根草、葛巴草、扒草秧子、鱼腥草、蒲公英、车前草、大蓟、毛谷谷等近百种之多。看了半晌地上的草，张扒皮突然大笑道："告诉楚羊肉，从今年起我只吃夏天的山羊肉！羊要春天下的羔，不能活过三月！"师爷开始不得其解，回衙一问，张扒皮才说："春天下的羊羔，吃了一夏天的百草，体内自然就渗入了百草的汁水，百草都是药呀！这时的羊羔肉质肥嫩，既是美味，又是药膳啊！"

张扒皮说了，楚羊肉不做不行啊。但从第二年春天，楚羊肉在西观稼台的草地中点上了一千多棵罂粟的种子。夏天来了，罂粟花便开了，花很大，有红，有紫，有白，很是惹眼。山羊羔呢，活跃得很，蹦蹦跳跳个不停，就像小精灵，这些小精灵们就爱吃红的紫的白的罂粟花。入秋了，楚羊肉就按张扒皮的命令，把这些各色小精灵给宰了，然后用雪白的小盐腌在一个一个立缸里。然后，每天再酱三斤酱肉，送到衙门。张扒皮一尝，就庆幸自己的聪明，这样做出的酱羊肉比过去的更好吃了。他每天就着九酝春酒，至少要吃二斤这样的酱羊肉。

谁知，两年之后，张扒皮和他的夫人便都死了。从此，楚羊肉也不再卖羊肉了，他的酱羊肉就成了药都人一提起来就唏嘘不止的美味。

汪
知
州

乾隆初年，药都来了一任知府，名曰张俊义。因是使钱捐的官，自然就哪里跌倒哪里爬，丢一当十地搜刮民膏，药都百姓送名张扒皮。也该着张扒皮倒霉，乾隆下江南访到了这事，便一声令下：斩。然而，群民不能一日无主，只好又让吏部新派了一位汪士林来到药都。

听说这汪知州在京城有一回因老酒喝多了，棒打过一个二品官的公子才被下派。可药都这地界偏出产一种美酒，名曰古井贡酒，汪知州进衙第一天就喝得见自己的儿子叫老爷。嘿，药都也真邪了，斩了个张扒皮，来了个汪酒鬼。全城百姓只得看在眼里，恨在心里。半年过了，百姓才知这个胖得身首不分的汪知州不是个贪官，却是一吊钱放在门槛上——里外半吊子的人。

一天，汪知州衙里坐得厌了，就带着两个衙役，一身便衣来到南门菜市场。溜达一个时辰，突然在一卖豆芽的摊前停下：哎，你的豆芽干净么？摊主答干净。"给我打！"一声令下，身后两个衙役便打将过来。刚才一条老黄狗才抬腿尿上，你硬说干净，摊主听汪知州这般说连喊饶命。衙役停了手，汪知州又问：你的豆芽以啥为净？摊主忙说：以水为净。"再打！"衙役又挥动拳头。一旁边人使个眼色，摊主连喊：老爷，眼不见为净。汪知州这才叫了衙役，大肚子一耸一耸地走了。

又一天，他又坐得厌了，又走出衙门。一抬头正见一推独轮车的男子屁股一扭一掉地推车，便喝令衙役把推车人拉来，"给我打！"衙役拳脚相加。打了一阵，就问："你可知罪？""老爷，小人何罪之有？""何罪？青天白日在衙门前推着重车还对着前面的姑娘左右扭，平时可想而知！""老爷，谁想扭啊，只是不扭车子不稳，不信你试一试？"汪知州真的来了兴致，一试，果真如此，就令人付银十两养伤。自此，汪知州便成了"汪瞎打"。

汪瞎打确是有别于前几任的州官，总喜欢搞个串街走巷微服私访什么的。这一天，他从鑫盛杂货店门前走过，没再走白布大街而是拐进了打铜巷。到巷子的深处，见一男一女在篷下推着豆腐磨，男人光着脊背，女人身穿小褂，这时汪瞎打的雅兴又来了：把这对男女带到衙门！说罢，他背剪双手，大肚子一耸一耸地前头走了。

一男一女带到大堂，汪知州已衣帽齐整地坐在了中间。

"你们可知罪？"

"我们本本分分地磨豆腐，不知犯了哪条王法？"男女分辩道。

"磨豆腐为何不用驴拉，青天白日一男一女撺圈圈，成何体统？给我打！"

男女听说要打，连忙鸡叨米般叩头求饶。这时，汪知州一眼笑色地说："没驴也不能那样失体统，要想免打就得罚，罚你们给我买一斤鑫盛杂货店的点心。"

男人听此，叩过三个响头，退出大堂便向鑫盛杂货店跑去，一袋烟工夫，点心买回来了。汪知州并不吃，而是让衙役拿出盘秤，把点心倒在上面称。一称，只有十五两半，少了半两。

"大胆刁民，只让你买一斤点心，还不够秤，该当何罪？"汪知州大怒。

"老爷，小人买后跑着过来的，不曾打开，少了斤两，与小人无干啊！"

"那好，把鑫盛杂货店老板给我带来！"

不一会儿，杂货店周老板带到堂前。汪知州一见这瘦如干竹的周老板，喝声令道："先打二十大板！"

二十板打过后，汪知州喝问："你是生意人，知道一斤多少两吗？"

"回老爷，十六两。"（旧制一斤等于十六两）

"说得对，你瞧瞧，这是多少？"汪知州让衙役把盘秤递给周老板。

周老板一称，十五两半！可他马上解释说："老爷，这不算少秤,小店称点心时都是连着包装纸的,现在当然少半两了。"

汪知州胖头向外一伸，喝道："人家买点心是买你的包装纸吗？干生意多少年了？"

闯
席
侯

　　无论哪个大都会，都得有一个能养活住江湖上所谓下九流
的地方，没有金、汉、利、湍的城市是称不上大都会的，养活
不了这些人的城池，也一定市井萧条，动乱不安的。

　　从新桥口到姜桥下关，这一段就是药都"下九流"的乐园，
也是西河滩最热闹的地段。这里是平头百姓、小商小贩、江湖
艺人的乐园，穿长衫的小职员、穿马褂的店伙计也时有出没。

　　药都人自古都爱戏，随便拉个人都能吼上两嗓子。地方戏
曲是这里的主心骨，二夹弦、四平调、豫剧、拉魂腔、大鼓、
花鼓、道清、坠子、琴书、评词、相声，或戏园或书棚或露天
场子，南腔北调、黄钟丝竹、老声嫩音，几乎是昼夜不绝。说
这里热闹就是这地段不单单以说书唱戏为主，算卦的、看相的、
卖假药的、打拳的、上刀山的、吞剑的、吐球的、跑马的、玩
魔术的、拉洋片的、耍木偶的、抛竹圈的、摇升官图的，无奇
不有，无人不奇。这地界表演的人多，来看的更多。虽然都不

是富人，但足以养活这些艺人。要不，咋能说从新桥口到姜桥下关，各人有各人的活口，谁都有一口饭吃呢。

留意的人，都知道这样一个人：身高七尺，粉面无须，一年四季手摇着一把题字折扇，穿着一身挺刮刮青灰长衫，方步稳而匀的人，成年累月地走动在这里。这人是谁呀，咋恁眼熟？即使不常来的也都会有这种疑问。而这里的老人们和各摊各棚各场上的艺人都知道，他就是药都市面上的名角儿——闯席侯姜七爷。姜七爷几乎每天都要在一家家场子前走动一遍，他到每个场前，也不待长，或坐或站，看过几眼听上几句，到了有彩口时，猛地一合折扇，叫上一声好，转身即走，他还有那么多场子没去呢。艺人们都以他的到来和叫好为荣，哪一天他没有在场子前叫声好，就会觉得浑身没劲。这样一来，艺人就对姜七爷另眼相看，有时会敬烟，但姜七爷从来不接，你道声谢，他也只是笑笑，有人想私下里请他吃饭，他更是不去。他姜七爷是受过皇封的人，慈禧老佛爷都封他闯席侯了，他能稀罕你那一顿饭？

姜七爷在哪里用餐？他一般都在药都城有名的酒楼馆子里吃，反正他也就是一个单人。有时也到高门大院的商贾官人家去吃，但，只有在这些人家有红喜白事时他才肯去的。他在淳化街有一独门小院，青砖青瓦，朗朗利利的三间正屋两间偏房，天亮出门，半夜才归，小院常年寂寂静静的。他只要路过酒楼饭店门口，总会有人招呼他的。有时也有别人看不见他的时候，可他总会折扇一摇走上前去，接着就会有人热情的招呼他入席。他是药都名角呀，哪家有点红白喜事总少不了他，只要一露面，主事的人都会热乎地让他入座，喝茶抽烟。当然，他也不会在哪个酒楼饭店商贾大户家多坐多长时间，喝上三杯酒，最多也不超过六杯，夹上几筷子菜，就会起身拱手告辞的，说不定还有多少酒场饭局等着他呢。在药都，能受到全城人这般礼遇的也只有他姜七爷一人。

人要想混到这个份上，没有点讲究、根底是万万不可能的。

姜七爷是曾在京城待过二十年的。十六岁那年，他去京城投奔同族姜桂题——姜大元帅，那时的姜大帅正负责京师的防护，姜七爷自然就到京城效力朝廷了。有人说，一次慈禧兴致来了骑马出宫，骑的马突然惊了，狂奔不止，姜七爷此时正在外围担任守卫，马快到他面前时，他一跃而起，抱住了惊马的脖子。慈禧感他救驾之功，就要封他做官，可姜七爷却跪地回了："老佛爷，俺药都有姜大帅一人做官就行了，你要封就封姜大帅！"姜大帅的手下救驾有功，当然也要封姜大帅了，但慈禧还觉得过意不去，就说："那也得封你，有何要求，你就说吧！"老佛爷都把话说到这个地步了，姜七爷也不能失了老佛爷的面子呀，就再次叩头说："小民不是当官的料，就是想天天赴酒席。"慈禧听后哈哈大笑，"就封你为闯席侯吧！可吃天下酒席！"

于是，姜七爷就成了闯席侯了。这个说法，好像是从姜七爷嘴里最先传出来的，有些人就有点怀疑。但也有人是信的，姜七爷确是在姜大帅手下做过事的，整日在京城，这事也不可能不发生。

京城的酒宴饭局不是更多吗，姜七爷何以要回药都呢？开始，想不通的人就问过姜七爷。姜七爷一脸的不屑，道："叶落归根嘛，咱药都也是三朝国都呢！再说了，京城那些大户人家骨头特贱，都兴吃洋毛子的饭了，我姜七爷死都不会去吃洋毛子的饭！"这样说来，谁还能不信？没几年，药都人等就认姜七爷这个皇封的闯席侯了。这样的人不成为名角，谁还能成为名角？姜桥下关那些下九流的艺人及观众，敬重姜七爷就成为一种必然。

时光如白驹过涧，一晃，姜七爷就快六十六岁了，回药都也有二十一年了。一入春，虽然离姜七爷的六十六大寿之日还有三个多月，就有人开始张罗着要为他过大寿了。姜七爷一生未娶，儿花女花没一个，大家不给他过寿日，总不能他自己张罗吧。可就在这年夏天，日本军从北边的归德府进了药都城。开了一仗后，国军败了，日本人就站住脚跟了，偌大一大药都也只有二十四个日本兵就守住了。当然，还有几百伪军在帮着日本人。二十四个日本人每天都要扛着长枪，甩着两脚，在东门大街、西门大街、北门大街、南门大街走上一圈，也够他们累的。这些日本人累了干什么？他们累了也喜欢去姜桥下关一带看那些场子里的玩意儿。去得多了，小队长山本一郎就认得姜七爷了，从翻译官赵大耳朵嘴里知道姜七爷是慈禧封的闯席侯，自然也知道姜七爷在药都的名望与威风了。

日本人是聪明的，山本一郎认为只要能征服姜七爷，药都人也许就会从心眼里怵日本人了。姜七爷是药都人最尊崇的人呀。这一天，山本一郎带着他的日本兵，正在看魔术大师天鬼刘的大变活人。一会儿，手摇折扇、身着青灰长衫的姜七爷从那边来了。他立即走到姜七爷的面前，笑嘻嘻地说："你的，闯席侯的有！"姜七爷折扇一合，冷眼答道："正是！"山本一郎手扶战刀柄，围着姜七爷转了两圈，然后从裤子口袋里掏出一个小糖，在手里晃动着说："你的，把大皇军的糖，咪西，咪西的！"姜七爷刷地甩开折扇："七爷我不吃！"山本一郎呼地拔出明晃晃的战刀，向空中一挥："咪西咪西的有！"接着，四个日本兵扑上来，把姜七爷拧在了那里，山本一郎就把手中的那粒糖塞向姜七爷的嘴里。姜七爷猛地张嘴，把糖和山本一郎的拇指与食指咬在了口中，山本向外倏地一抽，向后退了两步。这时，只听噗的一声，山本就捂住右眼，连转了三圈。姜七爷忽地甩开折扇，哈哈大笑。

姜七爷迈步而去，山本一郎双手紧握战刀，从后面扑来。山本啊的一声怪叫，一股血气涌出，姜七爷被战刀刺中了！只见姜七爷两脚并拢，站立不倒，雄赳赳怒视前方。

杨寿山

药都有三块光绪皇帝手书的碑、匾、石，一曰"少保第"，二曰"忠义祠"，三曰"知耻石"。此三者均与"胎里红杨家"相关。

三十年前，药都石鳖巷口的杨家祠还森森然而立，大门上方悬有红底金字竖匾一方，光绪皇帝斗书"少保第"。此乃甲午战争抗日名将杨寿山后来的府院，内住遗腹子杨良臣。因其父有功，清廷加封杨良臣世袭红顶子，药都人称之为"胎里红杨家"。

杨寿山出生时，石鳖巷只有杨家两间小房，他也是个贫出身。不知出于什么原因，杨寿山十四岁竟投了军。后因打仗勇猛，屡经提升，到了甲午年中日开战时，已在军中统领了三千人。此时，他正在东北作战，防守盖平城。日军大队人马进犯盖平城南门而不得，遂猛扑凤凰山，并调七十门大炮猛烈轰炸。杨寿山部又奉命星夜赶到凤凰山，另一部清军却逶迤而撤。面对敌人的强大攻势，杨寿山冲锋在前，在追击日军时被一冷炮击中，血肉横飞。战后，其部将只找寻到的一只胳膊和一只烂履备棺入殓。

追恤英烈激励后人是哪朝哪代都会做的事。清廷光绪皇帝对杨寿山厚加追恤，封杨太子少保世袭红顶子，并拨白银五万两在药都建立专祠，以纪念忠良。追封过后，光绪心仍不平，又亲书"少保第""忠义祠"六字，令悬于杨府和杨祠上，并责成直隶提督马玉昆督办此事。马也是出生于药都，与生前的杨寿山有交，为了把此事办得更为妥当，就令也是药都人的手下刘统领亲办此事。不料刘统领回到药都，只传了圣旨上"追封太子少保世袭红顶子"一段，把"少保第"草悬于杨府了事，对建专祠的圣旨却秘而不宣，私吞了五万两皇银。药都人并无一人知晓。

第二年，刘统领突然病倒，瘫痪在床。第三年，马玉昆派人来药都查问刘统领为杨寿山修专祠一事。药都知州收了刘统领的银子，含糊称正在修建中。京城来的人走后，刘统领急忙在大寺口路西的庙产地，为杨寿山草草修了专祠。药都士绅觉得此中有虚，又见杨的专祠小而简陋，就联名给清廷写了状子。

其结果自然是知州被斩，死后的刘统领也被开棺焚尸。光绪帝一怒之下又手书"知耻石"三字，命刻在石上，置于药都州衙。

这些年过去了，光绪皇帝手书依然被药都人完好地保存着。

杨凤章

相传围棋始自药都。此后的一千多年来，药都围棋风韵占华夏之先。

遍地的村野樵夫在劳作之余，便在地上画线，以树枝粒土为子，酣战不止。官商富家、文人雅士就更不必多言了。有关围棋的传说在药都自然是妇孺能言：老子胜孔子于问礼巷，陈抟赢赵匡胤而药都三年不纳粮，黄巢输咸平寺和尚而药都免战火……但近百年来，传颂最多的还是杨凤章的"杨家棋"。

杨家棋盛名于世，自杨凤章而始。凤章生于药都贫困之家，其父嗜棋，自一棋赢东家十亩田之后，声威自然就很快传入药都城内。一日，城内一围棋名角乘轿到乡下杨凤章之父所在的杨老窝要一决胜负。第三局时已日落西山，因前两局平了，此局便更是艰难。北斗升空之时，杨凤章父亲的棋局已出现漏气，眼看败成定局。趁对手欣喜之际，杨凤章给父亲点棋一步，局势遂转危为安，接着势如破竹，很快便赢下此局。第二天，杨凤章一家就搬进药都城一家四合院内。此时，杨凤章年仅七岁。

十二岁那年，杨凤章终于战胜药都所有棋手，被药都三老尊为"药都棋王"。不久,他便背着药都棋手送来的银锭和金条,举着"寻觅天下第一高手"的锦旗，出药都城寻对手去了。一晃春夏秋冬更替了十次。杨凤章走过了上百个州府郡县，仍然举着锦旗意气风发游历于山川江河村野城府之间。

这一日，杨凤章忽到长江北岸，见到太平天国石达开大王。石大王不仅善战屡胜，而且棋艺超人，自诩棋压华夏。石达开见杨凤章之旗心中不服，军帐之前滚滚江水，杨凤章与石达开布棋于"望江亭"中。两人对弈从早至晚，石达开连输三局,仍是不服，约定过江之后再战。岂料，第二天千军万马沉于江中。杨凤章见石达开部一夜之间几乎覆灭，顿生悔意，万不该大战之前挫石大王之勇。但他依然重制锦旗，去掉"寻觅"二字，锦旗上只剩下"天下第一高手"六字。

望见药都城南三十里的青青桑林之时，已是又一年夏天了。手举锦旗的杨凤章令车夫到前面的桑林下小憩，到了桑林，见一采桑村姑正一人凝神于眼前地上的棋格之间，细瞅村姑，虽明眸聪慧，但仅年方二八左右，自有轻意。村姑见锦旗上的"天下第一高手"六字，就邀杨凤章布棋一局。谁知半晌之后，杨凤章连败三局。

第二天，杨凤章进药都城时人们就没有见到他那面锦旗了，只是身边多了个那采桑的村姑。自此，药都城人虽有时与杨凤章下棋，却未见一次赢，也未见一次输，全是和棋。一百多年来，杨凤章的后代无论与谁下棋，也同样是无赢无输，全是和棋。

杨家棋和杨凤章的名号便流了下来。

老洋人

商人大都是谗猫，哪儿有肉腥往哪儿钻。药都作为中州大商埠，又有涡河入淮直通上海，自然是商人的天堂。

民国元年春节过后，一条长船从上海而来，泊在了药都的二桥口。船上蓝眼大鼻子卷头毛的外国人，叽哩哇啦地上岸后就开起了洋行。先是美国人开的元生东煤油栈，接着，英国人开起了专卖洋烟的大英公司，再下来，就是日本人开的大仓洋行、大陆洋行，朝鲜人开的九昌洋行……一时间，药都城内洋人乱蹿，洋行门前人来人往，都是来看蓝眼大鼻子卷头毛洋人的。看着看着，人们就给洋人起了个统一的名字——洋鬼子。给那些从上海来的专帮洋人做事的中国人，也起了个名字，叫假洋鬼子。因为这些人穿戴打扮与洋人相像，也是皮鞋、窄裆裤、背后开衩的洋褂子，脖子上也吊着块擦嘴布，只是眼不蓝，鼻子小，头发不卷。

哟！不知从哪一天起，药都人突然发现，原来打着小鼓串街走巷的贾五也成了假洋鬼子。他也穿皮鞋，穿窄裆裤，穿背后开岔的洋褂子，脖子上也吊着块擦嘴布，而且胸前还吊着一块明晃晃的怀表。他咋变成了这模样？人们终于想起来了，他跟洋人早有联手了。大英公司刚来那阵子，卖的洋烟，药都只有四个本地人吸，这四个人中就有一个是贾五，另外仨人一是商会会长蒋逊之，再就是大富户姜廑和张虚谷。这原因嘛，一是药都人吸熟口了毛烟，更重要的是洋烟太贵，常人吸不起。贾五一个打着小鼓穿街走巷收古旧货的人咋能吸起，药都人不解，其实他吸烟不用钱，大英公司老板史密斯白送他吸，他成了史密斯的烟托。这个史密斯还真认准了人，贾五让他敲锣打鼓抬着洋烟沿街散发，人多时候就向人群撒。这一招还真灵，不久药都有不少人开始吸洋烟了。据说史密斯因此给了贾五一大笔钱。

有洋人给钱，贾五就越来越神气越来越像洋人了，啥事都与药都人不一样了：药都人吃饭先菜后汤，他进酒楼先喝汤后吃菜；药都人喜欢剃头，他却每天都捏着带把儿的洋刀子刮脸，整天铁青着下巴；药都人相见抱拳拱手，他见人左手捂着弯下去的肚子右手平伸，嘴里咕弄着"剥李子"；药都男人都留着长指甲，他却手里面洋镊子嘣嘣地铰指甲；药都男人还都留着辫子，他却把头发弄成了东洋头……药都人就对他看不顺眼，先是背后叫他假洋鬼子，后来干脆就当面叫他老洋人。他也不在乎，就声叫声应。

有人吃饭靠祖宗，有人吃饭靠皇粮，有人吃饭靠生意，有人吃饭靠手艺，有人吃饭靠力气，各有各糊口的道。老洋人吃饭就靠他那身洋行头、洋做派。据说史密斯早想让他到大英公司去做总管，老洋人没去，按他的话说：自在惯了，不能听洋人的使唤。但他却三天两头到大英公司走动。其实，老洋人干的还是老本行，打小鼓时练就的本领——倒卖古董，专门从他的老同行中收古董卖给史密斯。

药都人一听到"梆——梆梆——梆梆梆"，清脆而有节奏的小鼓声，就知道打小鼓收旧货的来了。打小鼓的分为打硬鼓和打软鼓的两种。打硬鼓的一般穿着干净的长衫大褂，左胳膊夹着个青色布包，右手摇着鼓串街吆喝：手饰宝石来卖！旧货古书古画来卖！打硬鼓的本钱大，鉴别真假的眼力好，多是到有钱的大户门前去走动，收到货后很快转手。有时碰到大利的货，大商号大店铺的老板也会给他们转钱，得利分成。打软鼓的也穿长衫，打着小鼓，一担筐，筐上盖着布，沿街吆喝：破烂卖！

打小鼓的被人称作"无义行"，压价收，抬价卖，乘人急合伙蒙骗，敲诈勒索诬良为盗，欺老欺幼欺同行，声名狼藉。老洋人就是打硬鼓的出身，以眼力好在行内受尊重，同行常把收来的货拿给他过过眼。现在，同行一听说他在暗中替洋人收古董，都悄悄送货来。

老洋人凭着自己的能耐和与打小鼓的这等关系，货源自然很多。他常常到史密斯的大英公司，有时史密斯也到他住的弦房街来。时间一长，关于老洋人的传说就多起来。有人说史密斯已从药都运走了上千件古董，汉墓字砖、玉螃蟹、玉刚卯、子母印等宝物都被老洋人卖给了史密斯，说得有鼻子有眼的。更多人关心的是老洋人赚了多少钱，都认为老洋人赚洋毛子的钱赚海了，成了药都最有钱的几个人之一。后来，日本大仓洋行的老板太本一郎也与老洋人做起了古董生意。但最恨老洋人的是他那些个打小鼓的同行们。他们说老洋人会造假古董，他不仅用假古董赚了洋毛子的钱，而且又把真货藏了下来。总之，老洋人成了药都人背地里骂的人物。但老洋人似乎一点都不在乎，他在弦房街盖了大院，一家三代过得风风光光的，一家三代也都成了洋人一样，儿子还在法国留洋呢。

　　这样说着说着，老洋人就到六十六岁了，药都人喊他老洋人也有四十多年了。也就是在这年秋天，日本兵投降了，那二十几个日本兵挑着白旗离开了药都城。不久，城内的洋行也都清仓不干了。先是日本的大仓洋行、大陆洋行，再是大英公司、九昌洋行，没几天全走光了。药都再没有真正的洋人的了，只有老洋人一家人还被叫作洋人。但老洋人已很少出弦房街他家大院了。

　　这年冬天，从南京来了锄奸专员。老洋人在弦房街的家第一个被剿，上千件文物古董被没收，老洋人也和其他汉奸一起关在了老衙门里。药都落第一场雪的那天，老洋人被从老衙门押向黑猫洞。六十六岁的老洋人，仍是一身洋打份：穿皮鞋，穿窄裆裤，穿背后开岔的洋褂子，脖子上也吊着块擦嘴布，而且胸前还吊着一块明晃晃的怀表。

据说枪决一个时辰后，家人收尸时，老洋人的两眼还向外不停地淌着泪。

胡乐乐

　　胡乐乐原名胡振江，因其乐善好事，药都人称之为胡掠掠，后向民国政府请奖时才改为胡乐乐。国民政府嘉其行，颁发"乐善好施"铜匾，是后话。

　　胡乐乐生于哪年，无人知悉，只知道他出生于药都柳湖街，很小便父母双亡，靠街坊乡亲舍粥饭活命。胡乐乐虽是无爹无娘的野孩子，但却斯文如读书人，走路做派柳湖书院里的秀才们还要儒雅、文静。

　　这一年，长成身子的胡乐乐突然从药都消失了，少了一个沿街讨饭的孩子，当然药都人是不会在意的。但让药都人不解的是，都"民国盛世"了，市面上花子咋越来越多了呢。药都乃境大货攘、体视大邦、万商云集之地，讨饭的花子也自成一景：孤单乞讨者散于街市；十几二十几三十几或更多的花子集在一起，曰街串子，沿街串巷，呼啸往来，逐门乞讨。药都人无不畏惧，厌恶，但却不敢得罪。街串子到谁家门前都是一齐吟唱：

> 花子活命市面上，
>
> 俺把财神送到您府上，
>
> 府上今年发大财，
>
> 鸡犬牛羊没有灾……

一般的人家一知道街串子来了，就早早地出门或物或钱地打发他们走。如有的人家不给，或家富而施少，街串子们就会有人用地上的烂砖断石破皮出血，然后躺在门前号丧一样哭嚎，如再不出大钱重物来平，接下来，街串子就开始闯入院内打砸哄抢……因这些个人都是四野为家的乞讨之人，官府也不多问，几成药都大害。

十几年后的一个冬天，胡乐乐回到了药都。他没有在市面上露面，而是径直到了药都的东观稼台去会街串子头人老三。身着单衣的胡乐乐见到正在与两个女乞喝酒的老三，弯腰一礼，道："本人乃药都土生的胡振江，离开药都到江湖上吃百家饭十七年了，不想三爷成了地面上的花王，而今串子已成市面大害，恐要断花子们生路，请三爷发下话来，散了串子！"

头人老三哈哈大笑："散了串子，我和兄弟们何以活命！"

胡乐乐双手合十道："小弟皈依佛门，佛说因果相报，别人活自己活；串子虽也无奈，但形如匪徒，如若不散恐伤了世人的慈心。"

串子头人老三怒目道："凭你单身黄口，要我几百号人散了，你有何能耐？"

胡乐乐两眼微睁，声音细细地说："我将在此台前绝食，以情动你！"

老三也不示弱："三爷陪你！"

于是，两人相对而坐，老三望胡乐乐，胡乐乐闭目无语。一天，两天，三天，四天……到了第九天的晚上，老三终于软在了地上。众串子一见头人软在了地上，忙用米汤灌入，不一会，老三睁开了眼睛，见胡乐乐依然盘腿而坐，上下大牙一咬："姓胡的，你入过佛门会辟谷之功，我不服，串子不能散！"

胡乐乐很费劲地睁开两眼，道："三爷，你不江湖，出尔反尔，休怪我胡某了！"说着，慢慢起身，长提一口气，突然剑一般向台前的青石柱撞去——只听叭的一声脆响，青石柱齐齐而断，胡乐乐却在众人的惊诧之中又闭目坐在了地上。串子头人老三猛地站起，又忽地跪下，连向胡乐乐叩了三个响头，一挥手道："众兄弟，散了吧，各自活命去！"串子自此散了，药都一下子少了几百个花子。

自此，终年单衣单衫的胡乐乐，手抱"别人活自己活"的木牌，常向豪绅地主、富商大贾劝募。草叶发芽，青黄不接，他将所募之款买成米谷送往碾房按日支取。每天午夜，他便用药都城隍庙院内自建的大灶生火熬粥，天亮粥成，他便向来领粥的饥民、乞丐分发竹签，然后凭签每人发小米粥一勺。

  冬天天寒，他就早早熬粥，然后自己挎着自制的粥桶，到城内乞丐住的破庙院和街旁檐下逐个叫醒发给，以防哄抢。冬夏换衣的时候，他就用募来的钱到估衣街买回估衣，视其情况发放。一年又一年，年年如此，药都饥苦乞讨之人无不感激；药都市面上的人均受其感动，几乎无须他去劝募，多有人送来钱物……

  民国二十五年的一个夜里，胡乐乐在城隍庙的一间门房中，无声无息而去。门房仅能容下一榻一桌，室内也仅有一榻、一桌、一蒲团，别无他物。世人因其生前乐善好施，诚信佛门，以缸为棺葬以僧人礼，并于城隍庙建一七级浮屠。

孙庭荫

这一年的天似与往年不大一样：刚入秋，树叶儿就落了一地。孙庭荫练过五禽戏拳路，徒弟甘安来到跟前，说："师傅，门外来了一个病人正等着呢。"孙庭荫嗯了一声。

孙庭荫进了长春堂，刚刚坐定，一老一少两个胖人过来了。孙庭荫认了出来，这是常来这看病而又没啥病的城西吴财主。吴财主坐下后，孙庭荫就问："哪儿不舒服？""我只是觉着身上不舒服，也说不上哪儿有毛病，请孙先生诊断。"吴财主说着，就把手搭在了桌角上。

孙庭荫把脉良久，判断他身体没有什么病，虽然已七十多岁但凭他的身体状况，最少还可活十年。但他张口说："你得的是一种叫福患的重病，现在的症状是动则发喘，四肢发懒，外肥内虚，日夜难眠，据我的经验看最多还有三年的阳寿。"说罢，孙庭荫端起豆青茶碗，眼睛瞅向门外旋着飘落的榆叶。

吴财主猛地一动，脸寒着问："孙先生，这病有治吗？""这治法吗，有。如按我的秘方去做，不活一百也活九十。不过，你这是福中生患，只有舍得花钱才可去病长寿。"孙庭荫放下了茶。"那好，那好，我愿出钱！"吴财主连连点头。"钱，我不要，这药我这里没有，有的只是一个秘方。不过，这个方子给你得有两个条件。""你说吧。"吴财主一听孙庭荫说不要钱，心想那还有啥条件，就爽快地说。"一是，要保密，要心诚，这方子只传富人不传穷人；二是，所用药物均需来自穷人，这叫济穷赎寿。否则，效果了了。"孙庭荫话刚说完，吴财主就站起来给他作揖道谢。于是，孙庭荫抚纸提笔——

第一方：长寿心药　若要活百年，莫怕花银钱；买药凭卖主，不能把价还；以钱赎长寿，财去命自安；倘若做不到，秘方也枉然。

第二方：鸡蛋红粱药　鸡蛋煮红粱，吃白莫吃黄；小鸡下头蛋，每只银二两；蛋粱配鸡煮，除肉只喝汤；吃时不出院，买时不出庄；半月吃一个，吃足二百双；如若不吃够，难免一命亡。

第三方：白毛乌鸡药　年岁过古稀，长寿益进鸡；七日吃一个，除肉只喝稀；中间不许断，连吃七百七；鸡过三斤重，白毛黑肉皮。

附：三方齐用，不愈重服。

孙庭荫认了出来，这是常来这看病而又没啥病的城西吴财主。吴财主坐下后，孙庭荫就问：「哪儿不舒服？」

吴财主接过药方一看，心想这不过是花点银子。于是，对孙庭荫千恩万谢之后，倒着出了长春堂的门。吴财主回到家里，立令儿子去庄上买鸡买蛋，依方服用。过了半年时间，他感到身也不懒了，气也不喘了，就坚信此方的神奇，一直坚持了下来。

这一天，正是吴财主八十四大寿，他面对前来祝寿的众人，眼都笑成了一条缝。可就在宴席开始的当儿，他却啊的一声，歪在了太师椅上。儿子见父亲突然身亡，气势汹汹地来到孙庭荫的长春堂，质问秘方为何失灵。

孙庭荫摆手让他坐下，然后问道："是按方子吃的吗？""是的，一点也不错，也没少过。"吴财主的儿子话硬硬的。"你父亲是怎么死的？""今儿个是他老人家八十四大寿，开席前突然歪在了太师椅上。""他今天按方吃了吗？"孙庭荫不动声色。"只顾做寿，忘了服用了。"吴财主的儿子忽然想起竟忘了给父亲服汤了。孙庭荫猛地站起："你这个忤逆之子，方中规定'不许中断'，你却乐极忘忧毁了我的神方，丧了你的父命！你可知道，七十三八十四阎王不请自个儿去，今儿本是你父亲八十四的生日，却违我秘药，也是他命该如此了。还不快回去准备后事。"吴财主的儿子灰溜溜地走了。

自此，孙庭荫的大名和这副惩富济贫的怪药方，便在药都流传了下来。

神剪宋

相传唐开元年间，为官清正的宋御史被奸臣上奏误斩。皇帝后知内情，赐金头厚葬，金头御史便在药都传了下来。御史的后人均住在砚瓦池街，以经商为业，独神剪宋居于油篓巷。神剪宋乃道光年间一剪纸艺人，在药都手艺道被尊为第一。

神剪宋一生未婚，寓身之所仅三间海青瓦房，镂花独门小院，院门上一年四季贴一朱红纸剪的字号"远静居"。远静居四面楼围，视野窄短狭促，实难谈远；油篓巷身处闹市之中，昼夜人声喧哗，更难说静。远静居常被人猜测不透，这是题外话。神剪宋也与他的远静居一样让人深不可测：他极少在街面上走动，有人说，他总是在屋里不停的用那把一斤重的黑铁剪绞纸；有人说，他只有夜里才动剪子的，白天要么读书，要么看四周摆的唐宋陶器，研究先人的剪纸图案……这都是来自初来药都的外地人的传说。

其实，神剪宋虽然有些怪，但不难接近。早年，谁家闺女出阁,一卷红纸送过来,到出嫁那天,每件嫁妆都会贴上或花、或鸟、或山、或水、或楼、或阁、或吉祥如意、或丹凤朝阳、或鸳鸯卧莲、或月桂飘香、或福寿万禄、或狮子绣球、或白像鹿鸣、或去龙凤虎、或龙颜凤姿、或天马行空……你有多少嫁妆,就会有多少种图案,个个如生如肖而妙。药都大户婚嫁以有神剪宋的剪纸为荣,赏银自然不少,但神剪宋只收十两。他有个规矩,富户官家相请,动剪就是十两银子,再多也是十两银子;其他剪纸只在"朗古斋"有售,有买不起又想得他一片剪纸者,就要看他的兴致,兴致好,随手剪了,白送,没有兴致,远静居的门你也叩不开。

神剪宋过了六十岁后,就很少动剪了,因为很少有人能分清他徒弟樊凤祥的活儿与他的差别了。这些年,他最爱的是到德振街清风楼听戏,兴致高时,就动动剪子。这一年"泰和公丝绸庄"周老板的母亲八十大寿,在清风楼包了一个专场。因泰和公丝绸庄以诚为信,神剪宋就接了请帖。

这一天,神剪宋早早地被周老板的轿子接到清风楼的包厢。周老板来到神剪宋的包厢问好时,见那黑铁的大剪放在了一张石榴红红纸上,高兴得整个脸都笑了起来。戏开场了,是清风楼最叫座的"郭子仪上寿"。锣鼓声起,在大包厢中的周家几十号人停了欢歌笑语。好戏光景短,转眼间大戏谢幕,清风楼大灯全亮,大包厢内欢笑声又起。当管家把剪纸用大托盘送到大包厢时,人声立寂。只见:郭家大院楼阁森然,花鲜树茂,

你有多少嫁妆，就会有多少种图案，个个如生如肖而妙。药都大户婚嫁以有神剪宋的剪纸为荣，赏银自然不少，但神剪宋只收十两。

鸟鸣水潺；文武百官六十六人或坐、或拜、或拱、或揖，散落大院；七子八婿笑在眼上、脸上、身上、嘴边、眉间，或跪于堂内、或立于堂内；左上角另有扶老携幼各色看热闹之人一片，或羡、或惊、或喜、或叹，栩栩如生。周老太太一一数来，正好有大限之数九十九人……

神剪宋被周家簇拥着走出清风楼之时，迎面碰上西门大街富少柳少儒。柳自少恃富而横行于药都，看人总是向上别吊着左眼，久而成习，药都人送其外号——柳眼子。柳少儒一见神剪宋这般势子很是不悦，左眼向上一吊，轻蔑道："也算了人物！"神剪宋微微一笑，上了轿子。

第二天，药都都在贱卖神剪宋剪的小人儿。这天上午，睡足了神的柳少儒在六个家丁的前呼后拥下，来到了西河滩闹市。见货郎正沿街叫卖小人儿，要了一个，只瞅了一眼，便一挥手："全买了！"手下人不解："大少爷，买纸人干嘛？""蠢驴！你看这是谁？""这，这……"手下人还要还嘴，柳少儒甩手给他一个巴掌："别说身子了，就凭这眼神……"

一街的纸人儿，柳少儒能买完吗？不能。柳少儒只得托周大秀才出面请神剪宋听戏，讲和。后来，神剪宋停了手，可此事一直传到今天，小纸人儿也卖到今天。

吴
老
翼

　　光绪年间的药都，冬之夜的街巷里，总有悠长的叫卖声："兔——子——有——噢！"这是卖小跑卤肉的。不知从何时起，药都人开始称野兔为小跑的，也许就是始于这个卖小跑卤肉的老者。老者究竟叫什么，没有人说得清，人们都喊他吴老翼，他刚来药都时并不老，只有四十岁上下。

　　吴老翼在药都是第一家卖小跑卤肉的。他把新鲜的野兔扒皮去脏，用特制的硝盐浸腌数天，用陈年老汤配以三十六种香料，拿腥去膻，文火卤制。冷却后的小跑肉，色泽鲜亮，油浸浸、紫巍巍，透肉见骨。吴老翼总是根据人们的要求，将整兔分成后腿臀、腰脊条、头脖颈、前腿、胸等零卖。颇得药都人的欢喜。

　　这一天的这一夜，吴老翼来到升平戏楼前，手挎竹篮，提气慢吐："兔——子——有——噢！"刚喊两声，从戏楼里走出一簇人，走在前面的少爷打扮，左右各有三个青衣壮年。少爷走到吴老翼的跟前，问道："老头，兔子卖吗？"吴老翼扭身要走，这少爷一步跨来，伸手从篮子拽出一条卤兔，张口便咬。其他几个壮年把他的竹篮夺去，把卤兔拿抢走，竹篮被扔得老远。吴老翼大喝一声："给我肉钱！"那恶少把刚啃了一口的兔子向空中一扔，猛出一拳，打在吴老翼的脸上，其余各人也向吴老翼打将起来。

"住手！"一声大喊，一白衣青年飞步而来。恶少群七人，见来者单身一人，忽地围了过来。这七人正是药都一霸、西门大街王一尺的大少爷和打手，武功超群，横行药都无人敢问。七人一起向白衣青年扑来。只见被围中间的白衣青年，动如涛，静如岳，起如猿，落如鹊，立如鸡，站如松，转如轮，折如弓，快如风，急如鹰，轻如叶，重如铁，打得圈外的七人团团转不得入身。打了约有一刻，白衣青年似有所累，略一迟缓，外面的七人纷纷进招。白衣青年一声大叫，突然如怒吼雄狮之勇，下山猛虎之威，游龙险爪之狠，骏马腾空之烈，立则山之稳，动则行流水，并不先进，但人进必破，顷刻间，恶少一行，仓遑而去。

白衣青年也是药都人，姓李名西风，家住问礼巷，乃道教李耳后人。李家也是祖传武功，但也是读书世家，从不张扬，药都人并不知其武学。李西风把倒在地上的吴老翼送到他住的三圣庙，吴老翼并不言谢，且说自己受伤重矣，要李西风每天来服侍他。李西风知他是客居药都的孤身老人，就答应了下来。吴老翼从此便睡在床上不起，李西风每天早早来到三圣庙吴老翼的住处，给他送来吃的，有时还要给他端屎倒尿。一天、两天、三天、四天、

药都陆得
老祖所创
睡功法及

直六合法
掌上生药
都失传亏
多年我
要将此法传返
从与海西救身
药都的

此时，李西风才知

吴老翼百日未起，竟是

传说中的道家功夫睡功

法。心意六合八法掌的

秘理，李西风只从祖父

的口中听过。

五天……知情者都说李西风碰到了罪业，也有骂吴老翼不识抬举的。但李西风依然如故，吴老翼也依然卧床。

到了第一百天，李东风再来到吴老翼的住处时，吴老翼竟忽地坐起，在屋内伸腿直腰，了无一点病态。李西风见状，就要告辞。吴老翼示意他坐下，说："徒拜师易，师寻徒难啊。我来药都二十四年终于遇到了你！"李西风不解，吴老翼又说，"那天救我，你不仅表现出了侠义，从武功也可看出，你深得华佗五禽戏和药都独拳晰扬掌真谛。这一百天来，你又表现了绝好的耐性，你正是我要找的人啊！"李西风扑通跪倒："弟子有眼不识真人！"吴老翼拉起李西风道："药都陈抟老祖所创睡功法及心意六合八法掌，已在药都失传一千多年，我从上海而来，就是要将此法传还药都的。"

此时，李西风才知吴老翼百日未起，竟是传说中的道家功夫睡功法。心意六合八法掌的秘理，李西风只从祖父的口中听过：以意念为主，体合于心，心合于意，意合于气，气合于神，神合于动，动合于空；八法乃气、骨、形、随、提、还、勒、伏……但并无一人知其招式内理。

一年后，吴老翼从药都消失。他不仅把失传一千多年的陈抟睡功法和心意六合八法掌留于药都，而且留下了卖小跑卤肉的行当。每至冬之夜，药都的街巷依然会有悠扬婉转的吆喝声，"兔——子——有——噢！"